COLLECTION FOLIO

Sénèque

De la constance du sage

suivi de

De la tranquillité de l'âme

Traduit du latin par Émile Bréhier
et édité sous la direction de Pierre-Maxime Schuhl

Gallimard

Ces textes sont extraits des *Stoïciens, II* (Tel n° 282).

Lucius Annaeus Seneca naît vers 4 avant Jésus-Christ, à Cordoue, à une époque où l'Espagne est en plein essor. Il est le fils de Sénèque le Rhéteur qui lui enseigne la rhétorique, l'art le plus brillant depuis Cicéron. Il étudie également la philosophie à Rome et découvre le stoïcisme ascétique. Après un séjour à Alexandrie pour des problèmes de santé, il débute une carrière politique et devient questeur. Exilé en Corse par Messaline, la première femme de l'empereur Claude, il écrit *Consolations à Marcia,* une aristocrate qui vient de perdre son fils. En 49, après la mort de Messaline, il est rappelé à Rome par Agrippine qui lui confie l'éducation de son fils Néron dont elle souhaite favoriser l'accession au trône au détriment de Britannicus. Pour son élève il commence à rédiger des traités philosophiques dans lesquels il développe une morale teintée de stoïcisme : *De la constance du sage, De la tranquillité de l'âme, Sur le bonheur de la vie, De la clémence...* Il aborde ainsi les différents problèmes de l'existence sous une forme résolument didactique, mêlant questions et réponses, humour et lyrisme. En 54, Agrippine, redoutant que Claude ne songe à désigner Britannicus comme successeur, fait empoisonner l'empereur. On fait appel à Sénèque pour agir sur l'opinion et assurer la popularité de Néron, le nouveau prince. Néron est chargé de prononcer l'éloge funèbre de

Claude, discours composé par Sénèque. En même temps, Sénèque fait circuler une satire sur le prince défunt, tournant en dérision la divinisation officielle de ce dernier. Il écrit également de nombreuses tragédies comme *Médée, Les Troyennes* ou *Phèdre* qui s'inscrivent dans la tradition du théâtre grec. Lorsque Néron devient empereur, à dix-sept ans, c'est encore Sénèque qui l'aide mais il se heurte à Agrippine, puis à ses pairs qui lui reprochent son ambition et sa fortune. Peu à peu, Néron s'empare du pouvoir absolu et Sénèque se retire de la vie politique pour revenir à l'ascétisme de sa jeunesse. Compromis en 65 dans la conjuration de Pison, il est sommé par Néron de choisir entre l'exil ou la mort. Il s'ouvre les veines après avoir essayé en vain de s'empoisonner, en avril 65.

Pour Sénèque, la philosophie est censée assurer la consolation et la maîtrise de soi. Être heureux, c'est savoir vivre le temps présent en renonçant à l'illusion d'échapper au devenir. Le bonheur n'est pas dans les choses. C'est un bien de l'âme. Pour être heureux, il faut vivre conformément à la nature c'est-à-dire d'abord conformément à notre nature propre d'être humain se distinguant des animaux par la raison.

L'œuvre de Sénèque, en particulier les *Lettres à Lucilius*, a profondément influencé Montaigne ainsi que Descartes et Rousseau.

De la constance du sage

Le but du traité est net : amener à la doctrine stoïcienne un ami de l'auteur, qui s'appelle Sérénus et qui est encore plein d'hésitations et d'objections ; cette destination va nous permettre de dater approximativement l'ouvrage. Lorsque Sénèque écrivait les Lettres à Lucilius, *à partir de l'été ou de l'automne 63, Sérénus était déjà mort et l'événement n'apparaît point comme tout récent. Or il se trouve qu'un autre traité, la* Tranquillité de l'âme, *est également adressé à Sérénus et nous montre celui-ci comme étant depuis assez longtemps un stoïcien convaincu et même scrupuleux. Le premier ouvrage doit donc être nettement plus ancien et se situer selon toute vraisemblance durant l'exil du philosophe en Corse ou immédiatement après cet exil, entre 42 et 49 ; il est impossible de supposer une date plus lointaine, puisqu'il est fait mention de l'assassinat de Caligula accompli en 41.*

Un autre caractère de la Constance du sage *peut éclairer le moment de sa composition. Par la netteté des divisions, par une certaine sécheresse d'ensemble, l'ou-*

vrage garde un aspect scolaire, et il ne possède point en revanche, sauf quelques rares exceptions touchant surtout l'enfance, les observations psychologiques délicates qui font le charme de beaucoup des œuvres de Sénèque ; il est donc permis de penser que l'auteur n'avait point acquis encore la riche expérience que donne une longue vie jointe à la pratique du pouvoir. Dans un autre domaine on s'étonne ici de la dureté de jugement et du ton dédaigneux avec lesquels il est parlé des esclaves, car les Bienfaits *et les* Lettres à Lucilius *nous ont habitués à un accent différent ; parallèlement à l'affinement psychologique, il dut y avoir un affinement moral de Sénèque.*

Quoi qu'il en soit l'intérêt du traité est grand. La Constance du sage *est l'œuvre philosophique la mieux composée de Sénèque. Elle doit refléter assez fidèlement aussi l'allure courante de l'enseignement stoïcien : nous retrouvons en effet le recours aux exemples typiques et l'usage des formes de raisonnement définies par Chrysippe ; mais par-dessus tout se dégage, dépouillée, isolée, la physionomie du sage stoïcien dans son austère grandeur.*

Toutefois il y a, vers la fin du traité, quelques accents nouveaux, une distinction vigoureusement présentée entre le sage et l'aspirant à la sagesse ; et dans le développement de la pensée de Sénèque cette distinction se révélera très féconde, elle aussi.

INTRODUCTION

EXCELLENCE DU SAGE

Qu'entre les Stoïciens et tous les autres professeurs de sagesse, il y ait, Sérénus[1], autant de différence qu'entre les femmes et les hommes, je pourrais le dire non sans raison : ces groupes contribuent, autant l'un que l'autre, à la société des vivants, mais l'un est fait pour obéir, l'autre pour commander. Les autres sages sont un peu semblables à ces médecins de la maison et de la famille qui donnent aux corps malades des remèdes agréables et doux, et ce ne sont pas les meilleurs ni les plus rapides, mais les seuls qui soient permis ; les Stoïciens prennent la voie virile avec le souci non de la faire paraître agréable aux débutants, mais de les libérer le plus tôt possible et de les porter à ce faîte qui les élève au-dessus de tous les coups du sort et les rend supérieurs à la fortune. — Mais les chemins par où ils nous appellent à passer sont difficiles et rocailleux. — Comment en effet accéder à un sommet par un itinéraire tout plat ? Et ces chemins ne sont tout de même pas si escarpés qu'on le croit parfois. Dans leur première partie seulement il y a des pierres et des rochers et une apparence d'inaccessibilité, comme tant de choses qui, vues de loin, semblent abruptes et sans accès à notre regard trompé par leur éloignement ; ensuite, lorsque l'on s'en approche, ces mêmes choses qui, par une erreur de vision, formaient bloc, s'ouvrent peu à peu ; alors, tandis que, à distance, il paraissait y avoir des pentes rapides, le faîte est doucement atteint. Récemment, comme on se trouvait parler de M. Caton [2], tu t'indignais, en homme qui ne peut supporter l'injustice, de ce que Caton eût été mal compris de son temps, et de ce qu'on l'eût mis au-dessous des Vatinius [3], lui qui était au-dessus des Pompée et des César ; il te paraissait indigne que, au moment où il allait conseiller de ne pas voter une loi, on lui eût arraché sa toge au Forum et que, traîné à travers une poignée de séditieux des Rostres à l'arc de Fabius, il eût eu à supporter les méchantes paroles, les crachats et toutes les insultes d'une multitude insensée. Je te répondis alors qu'il y avait de quoi t'émouvoir en songeant à une République que mettaient à l'encan ici P. Clodius [4], là Vatinius et les pires hommes sans comprendre, saisis qu'ils étaient par une aveugle cupidité, que, en vendant l'État, ils se vendaient eux-mêmes. (2) Quant à Caton, je t'invitai à te rassurer. Un sage en effet ne peut subir ni injustice, ni insulte ; or les dieux immortels nous ont donné en Caton un modèle de sage plus certain qu'Ulysse et Hercule aux siècles passés. Ceux-ci, nos Stoïciens les ont déclarés sages, invincibles dans leurs travaux, ayant le mépris des plaisirs, victorieux de toutes les terreurs. Caton, lui, n'a point combattu les bêtes sauvages ; c'est au chasseur et au campagnard qu'il appartient de les poursuivre ; il n'a pas non plus employé le fer et le feu contre des monstres ; il n'a pas vécu à une époque où l'on pouvait croire qu'un seul homme était capable de soutenir le ciel sur ses épaules : la crédulité des anciens avait alors disparu, et le siècle était arrivé au comble de la culture. En se mesurant avec l'ambition, ce mal aux formes multiples, avec la passion démesurée de puissance que ne pouvait satisfaire l'univers entier divisé en trois parties, et en affrontant les vices d'une cité dégénérée s'écroulant très bas sous sa propre masse, Caton se dressa tout seul et soutint l'État qui tombait dans la mesure où celui-ci pouvait être retenu par le bras d'un seul ; puis, arraché et entraîné, il accompagna dans la mort l'effondrement de cet État que lui-même avait longtemps soutenu, et ainsi périt simultanément ce qui aurait été sacrilège de séparer :

car ni Caton ne survécut à la liberté, ni la liberté ne survécut à Caton. Crois-tu qu'un pareil homme ait pu subir une injustice de la part du peuple, parce qu'on lui enleva sa préture ou sa toge, parce qu'on couvrit de crachats cette tête sacrée ? Le sage est à l'abri : aucune injustice, aucune insulte ne peut l'atteindre.

PRÉSENTATION PRÉCISE DE LA THÈSE : LE SAGE EST INVULNÉRABLE

(3) Je crois voir ta pensée s'échauffer et se soulever d'indignation. Tu es prêt à t'écrier : « Voilà ce qui enlève toute autorité à vos préceptes. Vous faites de grandes promesses, qui vont même au-delà de nos souhaits, bien loin que nous puissions y croire. Puis vous usez de grands mots : le sage n'est jamais pauvre, dites-vous ; mais vous ne niez pas que souvent il n'a ni esclave, ni maison, ni nourriture ; le sage, affirmez-vous, échappe à la folie ; mais vous dites qu'il perd l'esprit, qu'il prononce des paroles insensées, qu'il en vient à tous les excès auxquels conduit la violence de la maladie ; le sage selon vous n'est pas esclave, mais vous n'arrivez pas à

nier qu'il puisse être mis en vente, obéir aux ordres et rendre à un maître les services d'un esclave. Ainsi, avec vos sourcils haut levés, vous êtes au même niveau que les autres : les mots seuls changent. Aussi je soupçonne qu'il y a quelque chose de pareil dans votre formule si belle et si splendide au premier abord : le sage ne sera atteint ni par l'injustice ni par l'insulte. C'est pourtant une grande différence de mettre le sage au-dessus de l'irritation ou au-dessus de l'injustice. Si tu veux dire qu'il supportera celle-ci d'une âme égale, il ne possède à ce titre aucun privilège ; c'est là cette chose fort ordinaire, la patience, qui est enseignée par la répétition même des injustices ; si tu veux dire qu'il n'est atteint par aucune injustice en ce sens que personne n'essaye de lui faire tort, toute affaire cessante, je me fais Stoïcien. » — Pour moi j'ai décidé de ne pas parer le sage d'une dignité imaginaire toute verbale, mais de le placer en un lieu où l'injustice n'arrive pas jusqu'à lui. — Eh quoi ! n'y aura-t-il plus personne pour l'attaquer ou l'éprouver ? — Il n'y a rien dans la nature de si sacré qui ne trouve un sacrilège ; mais les êtres divins ne sont pas placés moins haut parce qu'il existe des gens qui, malgré leur désir, ne peuvent porter des coups à une grandeur qui les dépasse de beaucoup. Est invulnérable non pas l'être qui n'est pas frappé, mais celui qui ne subit pas de dommage ; c'est ce caractère que je te montrerai dans le sage. Est-il douteux qu'une force qui n'est pas vaincue soit plus assurée que celle qui n'est pas attaquée ? N'étant pas mise à l'épreuve, sa vigueur reste douteuse ; au contraire, n'a-t-on point toute raison d'être sûr de la solidité d'un être qui repousse tous les chocs ? Sache donc bien qu'un sage à qui l'injustice subie ne nuit pas est supérieur en nature à celui qui n'en subit pas. L'homme courageux, dirai-je aussi, c'est celui que les guerres n'abattent pas, celui qui ne s'effraye pas à l'approche des forces de l'ennemi, et non celui que le repos fait engraisser au milieu de gens inertes. C'est en ce sens que le sage n'est pas exposé à l'injustice : aussi peu importe tous les traits qu'on lance sur lui, puisque aucun d'eux ne peut pénétrer. De même que certaines pierres sont d'une dureté inattaquable au fer, le diamant par exemple qui ne peut être ni coupé, ni entamé, ni même usé, mais qui fait rejaillir tout ce qui le frappe, de même que certains corps ne peuvent être consumés mais conservent au milieu des flammes leur consistance et leurs propriétés, de même que les rochers avancés dans la mer brisent les vagues et, fouettés depuis tant de siècles, ne montrent pas trace de ces attaques, de même l'âme du sage a de la solidité et a rassemblé en elle tant d'énergie qu'elle est à l'abri de l'injustice tout autant que sont à l'abri des coups les corps que je viens de citer.

(4) Quoi ! n'y aura-t-il personne pour essayer de faire tort au sage ? — On l'essayera, mais le tort ne parviendra pas jusqu'à lui. Il s'est retiré à un trop grand intervalle du contact des choses basses pour que nulle force nuisible ne porte sa violence jusqu'à lui. Même si des hommes puissants, élevés par l'autorité publique, rendus forts par le consentement unanime de leurs sujets, s'efforcent de lui nuire, tout leur élan cessera en deçà de lui, comme les projectiles lancés en l'air par un arc ou par des machines peuvent bien échapper à la vue dans leur montée, mais rebroussent chemin en deçà du ciel. Crois-tu qu'une seule des flèches que ce roi insensé faisait envoyer en grand nombre pour obscurcir le jour ait atteint le soleil[5] ? Ou que Neptune puisse être touché par des chaînes qu'on dévide dans la mer ? De même que les choses du ciel échappent aux mains des hommes et que, en détruisant les temples ou en faisant fondre les statues des dieux, on ne nuit en rien à la divinité, de même les insultes, les railleries, l'attitude orgueilleuse sont, contre le sage, de vaines tentatives. — Il vaudrait mieux, diras-tu, qu'il n'y eût personne pour vouloir s'y livrer. — Tu souhaites une chose difficile au genre humain, ne pas avoir l'intention de nuire ; et c'est à ceux qui sont sur le point de nuire qu'il importe de ne point faire de tort, et non à celui qui ne peut en souffrir, même si le tort est effectif. Bien plus, je

ne sais pas si la sagesse ne manifeste pas mieux la puissance de sa tranquillité au milieu des attaques, comme le meilleur signe de la puissance d'un général en armes et en troupes, c'est la sécurité qu'il garde même en terre ennemie. Séparons, s'il te plaît, Sérénus, l'injustice et l'insulte. La première est naturellement la plus grave ; la seconde est plus légère et n'est grave que pour les délicats qui en sont offensés plus que blessés ; telles sont l'inconsistance et la faiblesse de leur âme qu'ils pensent qu'il n'est pas de plus grande amertume. On trouvera des esclaves qui aiment mieux être déchirés par le fouet que souffletés et qui supportent plus facilement la mort et les coups que les injures. On en est venu à une telle sottise qu'on est tourmenté non par la douleur, mais par l'opinion de la douleur, à la manière des enfants qui ont peur d'une ombre, de la laideur des masques et des visages aux traits déformés ; les mots désagréables à leurs oreilles les font pleurer ainsi que les mouvements des doigts et bien d'autres choses qui les mettent en fuite sous l'impulsion d'une erreur irréfléchie.

PREMIÈRE PARTIE DE LA DÉMONSTRATION : LE SAGE EST INVULNÉRABLE À L'INJUSTICE

(5) L'injustice a pour dessein de faire du mal à quelqu'un : or la sagesse ne laisse pas de place au mal. Le seul mal qui existe pour elle, c'est la honte, et la honte ne peut pénétrer en un lieu où sont déjà la vertu et l'honneur. Si donc il n'y a pas d'injustice sans mal, et s'il n'y a pas de mal qui ne soit honteux, comme la honte ne peut atteindre une personne occupée à des choses honorables, l'injustice n'arrive point jusqu'au sage. Si l'injustice consiste à subir un mal, et si le sage ne peut subir le mal, l'injustice n'atteint pas le sage. L'injustice enlève toujours quelque chose à ceux qu'elle vise ; ils ne peuvent subir une injustice sans quelque dommage pour leur dignité, leur corps ou leurs biens extérieurs ; or le sage ne peut rien perdre ; il a tout en lui-même ; il ne se confie pas à la fortune ; les biens qu'il possède sont solides ; il se contente de la vertu qui ne dépend pas des événements fortuits ; aussi ne peut-elle ni augmenter, ni diminuer (car arrivée à son terme, elle n'a pas de place pour croître, et la fortune n'enlève rien

que ce qu'elle a donné ; or elle ne donne pas la vertu et par conséquent ne la retire pas). La vertu est libre, inviolable, immobile, inébranlable ; elle est tellement endurcie contre les hasards qu'ils ne peuvent même la faire plier, bien loin de pouvoir la vaincre. En face d'un appareil de terreur le sage ne baisse pas les yeux, et il ne change pas de visage, que les événements se montrent pénibles ou favorables. Aussi ne perdra-t-il rien dont la perte lui serait sensible ; il ne possède qu'une seule chose, la vertu, dont jamais il ne peut être dépouillé ; les autres choses, il en use à titre précaire ; or pourquoi s'émouvoir de la perte de ce qui n'est pas à soi ? Si l'injustice ne peut porter nul dommage à ce qui est la propriété du sage, puisque, grâce à la vertu, cette propriété reste sauve, on ne peut commettre d'injustice contre le sage. Démétrius, surnommé Poliorcète [6], avait pris Mégare ; il demanda au philosophe Stilpon [7] s'il avait subi des pertes : « Non, dit celui-ci, car tout ce qui est à moi est avec moi. » Il avait pourtant abandonné son patrimoine en butin de guerre ; l'ennemi lui avait enlevé ses filles, et sa patrie était passée au pouvoir d'un étranger ; et c'était le roi lui-même, entouré des forces de l'armée victorieuse, qui, de son trône, lui posait cette question. À Démétrius, Stilpon déroba sa victoire ; et, la ville prise, il témoigna non seulement qu'il n'était pas vaincu, mais qu'il n'avait subi aucun dommage; il avait en lui les biens véritables, ceux contre qui on ne peut porter la main. Quant à ceux qui s'en allaient par la dissipation et le vol, il ne les estimait pas pour siens mais y voyait des biens adventices, dépendant du gré de la fortune; aussi n'y était-il pas attaché comme aux siens propres. De tout ce qui vient de l'extérieur la possession est incertaine et peu assurée. Réfléchis : un voleur, un calomniateur, un voisin irascible, un riche, traité en roi parce qu'il est vieux et sans enfant, peuvent-ils faire quelque tort à un homme à qui la guerre et l'ennemi qui faisait profession du bel art de ravager les villes n'ont rien pu enlever? Au milieu des glaives étincelant de toutes parts, du tumulte des soldats pillards, des incendies, du sang, de la ruine d'une ville prise, au milieu du fracas des temples s'écroulant sur leurs propres dieux, un seul homme resta en paix. Aussi il n'y a pas de raison pour juger téméraire la promesse des Stoïciens; et, si tu n'as pas confiance en moi, je t'en donnerai un garant. Tu as peine à croire que tant de fermeté et une telle grandeur d'âme soient possibles à un homme; mais s'il paraît devant nous pour dire :

(6) « Il n'y a pas de raison de douter que, né homme, le sage puisse s'élever au-dessus des choses humaines, qu'il envisage en toute sûreté les douleurs, les pertes, les plaies, les blessures, les grands mouvements des foules frémissantes

autour de lui, qu'il accueille avec tranquillité les événements pénibles et avec mesure ceux qui sont favorables ; il ne cède pas aux uns et il ne s'appuie pas sur les autres ; demeurant un et le même au milieu des circonstances diverses, il pense que rien n'est à lui, sinon lui-même. Pour vous le prouver, voici que, sous les ordres d'un destructeur de tant de villes, les fortifications s'écroulent sous le choc du bélier, les tours élevées s'affaissent subitement par l'effet des mines et des galeries souterraines, les citadelles les plus hautes sont contrebalancées par les terrasses qu'élève l'assaillant, et pourtant on ne peut trouver de machines de guerre qui agitent une âme solidement assise. Je viens de m'échapper des ruines de ma maison et des incendies partout allumés ; j'ai fui les flammes à travers le sang. Je ne sais quel est le sort de mes filles, s'il n'est pire que celui de tous. Seul, âgé, ne voyant qu'ennemis autour de moi, je déclare pourtant que mon capital reste entier et sauf : je retiens, je garde tout ce que j'ai eu à moi. Il n'y a pas de raison de me croire vaincu et toi vainqueur. Ta fortune l'a emporté sur la mienne ; mais ces choses fragiles qui changent de maître, je ne sais où elles sont ; quant aux choses qui sont miennes, elles sont avec moi et elles seront avec moi. Voici ces riches qui ont perdu leur patrimoine ; ces passionnés qui ont perdu leurs amours et les dévergondés qu'ils chérissaient aux grands dépens de leur honneur ; ces ambitieux qui ont perdu le sénat, la tribune et les endroits destinés à pratiquer leurs vices en public ; voici ces usuriers qui ont perdu leurs registres où, dans la fausse joie de leur avarice, ils imaginaient des richesses. Moi, à la vérité, je possède tous mes biens entiers et intacts. Pose donc cette question à ceux qui pleurent, qui se lamentent, qui devant les glaives tirés exposent leurs corps pour de l'argent, qui face à l'ennemi fuient les bras chargés ».

Par suite, aie bien dans l'esprit, Sérénus, que cet homme parfait, ayant la plénitude des vertus divines et humaines, ne subit aucune perte. Ses biens sont entourés de murailles solides et inaccessibles. Ne va pas comparer celles-ci aux murs de Babylone, où pénétra Alexandre, ni aux fortifications de Numance ou de Carthage prises par une seule troupe, ni au Capitole ou à sa citadelle, elle porte les traces de l'ennemi. Ce qui fait la protection du sage est à l'abri des flammes et des attaques ; ces murailles, qui n'offrent aucun accès, sont sublimes, inexpugnables, égales aux dieux[8].

(7) Ne va pas dire, comme tu en as l'habitude, que notre sage ne se trouve nulle part. Ce n'est pas une vaine dignité de l'esprit humain que nous feignons, une grande représentation d'une réalité imaginaire que nous concevons ; nous te l'avons montré et nous te le montrerons tel que nous assurons qu'il est. Peut-être se rencontre-

t-il rarement et à de grands intervalles ; les grandes choses, celles qui dépassent la mesure accoutumée et ordinaire, ne naissent pas fréquemment. D'ailleurs ce M. Caton lui-même, dont cette discussion est partie, je crains qu'il ne soit au-dessus de notre modèle. Enfin, ce qui porte le dommage doit avoir plus de force que l'être à qui le dommage est porté ; or le vice n'est pas plus fort que la vertu ; le sage ne peut donc subir de dommage. Seuls les méchants tentent d'être injustes envers les gens de bien ; les bons sont en paix les uns avec les autres ; les méchants sont aussi mauvais pour les bons qu'ils le sont les uns pour les autres. Si le plus faible peut seul subir un dommage, si le méchant est plus faible que le bon, si enfin l'injustice n'est à craindre pour les bons que d'hommes qui ne sont pas leurs égaux, l'injustice ne peut atteindre l'homme sage. Je n'ai pas en effet à te rappeler qu'il n'y a d'autre homme de bien que le sage. — Si Socrate a été condamné injustement, dis-tu, il a subi une injustice. — Ici il nous faut comprendre qu'il peut arriver que quelqu'un commette une injustice envers moi et que je ne la subisse pas ; par exemple si l'on met dans ma maison ce qu'on m'a soustrait dans ma villa, on aura commis un vol, mais je n'aurai rien perdu. On peut faire un acte nuisible à quelqu'un sans lui nuire pour cela. Si un homme couche avec sa propre femme, en la croyant étrangère, il sera adultère, mais sa femme ne l'est pas. Quelqu'un m'a donné du poison ; mais ce poison en se mêlant à la nourriture a perdu sa force ; en me donnant du poison, il s'est rendu coupable d'un crime, même s'il ne m'a pas nui. On n'est pas moins brigand, quand la flèche qu'on a lancée est arrêtée par l'épaisseur du vêtement. Tous les crimes, même avant les résultats de l'acte, sont déjà achevés quant à la culpabilité. Certaines choses sont telles et sont liées de telle façon que l'une peut exister sans l'autre, mais non la seconde sans la première. Je vais essayer d'éclairer ma pensée. Je puis remuer les pieds sans courir, mais non pas courir sans remuer les pieds. Je puis, étant à l'eau, ne pas nager ; mais si je nage, je ne peux pas ne pas être à l'eau. C'est de cette espèce qu'est le rapport dont il s'agit : si je subis une injustice, il est nécessaire qu'elle ait été commise ; mais si elle est commise, il n'est pas nécessaire que je la subisse. Bien des choses peuvent arriver qui écartent de moi l'injustice. De même qu'un hasard peut détourner le bras tendu contre moi, ou faire dévier la flèche qu'on envoie, de même quelque événement peut repousser loin de nous telles ou telles injustices si bien que celles-ci sont alors commises et non subies.

(8) De plus la justice ne peut rien subir d'injuste, puisque les contraires ne peuvent s'unir ; or l'injustice ne peut être commise qu'injuste-

ment ; donc une injustice ne peut être commise contre le sage. Ne t'étonne pas qu'on ne puisse lui faire du tort : on ne peut même pas lui être utile. Rien ne manque au sage qu'il puisse accepter en guise de présent. Le méchant ne peut rien donner au sage : car, avant de donner, il faudrait qu'il possède, or il n'a rien que le sage serait content de voir passer du méchant à lui. On ne peut donc ni nuire au sage ni lui être utile : de même les êtres divins ne demandent pas d'aide et ne peuvent subir de dommage ; or le sage, qui est voisin des dieux et le plus près d'eux qu'on puisse être, se trouve, sauf la mortalité, semblable à Dieu. Dans son effort vers les dieux, dans sa recherche des choses sublimes, bien ordonnées, tranquilles, coulant d'un cours égal et concordant, assurées, bienveillantes, le sage, qui est né pour le bien public, qui est salutaire à lui-même et aux autres, n'aura aucun désir bas, ne versera aucune larme ; avec l'appui de la raison, il s'avancera, avec l'âme d'un dieu, à travers les accidents de la vie humaine. Il n'y aura en lui nulle place pour subir l'injustice ; celle seulement qui vient des hommes, crois-tu peut-être que je veux dire ? non, celle aussi qui vient de la Fortune. Chaque fois que la Fortune se trouve aux prises avec la vertu, elle se retire sans jamais l'égaler. Si nous recevons d'une âme égale et tranquille cette épreuve, la plus grande de toutes au-delà de laquelle les lois irritées et les maîtres les plus barbares ne trouvent plus de menaces et où la Fortune a épuisé son pouvoir, si nous savons ainsi que la mort n'est pas un mal et que par conséquent elle n'est même pas une injustice, nous supporterons bien plus facilement les pertes, les douleurs, les turpitudes, les changements de lieu, la perte des enfants, les séparations ; ces événements, même s'ils arrivent tous, ne submergent pas le sage ; ils sont loin de le faire gémir quand ils surviennent un à un ; et si le sage supporte avec calme les injures de la Fortune, combien mieux encore celles des hommes puissants, qu'il sait être les bras de la Fortune !

(9) Ainsi il accepte tout comme il supporte le froid de l'hiver, l'inclémence du ciel, la chaleur, les maladies et tous les autres accidents, et il ne pense pas de chaque homme assez de bien pour croire que celui-ci agit par dessein réfléchi, ce qui se trouve seulement chez le sage. Chez les autres, il n'y a pas de réflexion, mais des mensonges et des trahisons ; les mouvements de leurs âmes sont désordonnés ; le sage les met donc au nombre des hasards ; or les violences et les dommages qui viennent du hasard restent au-dessous de nous. Pense aussi que le champ s'ouvre plus largement aux injustices du fait de ceux qui veulent nous mettre en danger : une vile accusation, une calomnie, des mouvements de colère de gens puissants contre nous, et tous

les autres brigandages qui s'exercent entre les porteurs de toge[9]. Ce sont des injustices fort répandues que d'enlever à quelqu'un ses bénéfices ou le profit qu'il avait longtemps recherché, de détourner un héritage qu'il avait capté à grand-peine, de lui enlever tout crédit dans la maison d'un riche : toutes choses auxquelles échappe le sage, lui qui ignore l'espoir et la crainte. Ajoute encore qu'on ne subit pas l'injustice sans en être ému, sans être troublé dès qu'on l'aperçoit; or un homme à l'âme élevée ne ressent pas de trouble, il se règle lui-même, il vit dans un calme profond et paisible. Car si une injure le touche, elle l'émeut et le gêne; or le sage ne ressent pas la colère qu'éveille la vue d'une injustice; et il ne peut échapper à la colère qu'à condition de s'élever au-dessus de l'injustice, laquelle, il le sait bien, ne peut l'atteindre. D'un caractère élevé et heureux, animé d'une joie continuelle, le sage ne se soustrait pas tant aux chocs des choses et des hommes qu'il n'use de l'injustice même pour s'éprouver et essayer sa vertu. Respectons, je vous en supplie, une telle attitude, et soyons présents, avec des âmes et des oreilles recueillies, tandis que le sage se soustrait à l'injustice ! Rien n'est enlevé pour cela à votre méchanceté, à vos désirs les plus cupides, à votre aveugle témérité ni à votre orgueil. Vos vices restent saufs, c'est pour le sage que nous demandons la liberté; nous ne voulons pas vous interdire de commettre l'injustice, mais permettre au sage d'éloigner de lui toutes les injustices sans en tirer vengeance, de s'en défendre par son endurance et par sa grandeur d'âme. Ainsi dans les luttes sacrées on obtient en général la victoire en fatiguant les bras des assaillants par une patience obstinée à supporter les coups. Le sage, crois-le bien, est de l'espèce de ceux qui, par un long et constant exercice, ont acquis la force de supporter la violence de leurs ennemis et de les fatiguer.

DEUXIÈME PARTIE DE LA DÉMONSTRATION : LE SAGE EST INVULNÉRABLE À L'INSULTE

(10) Ayant achevé de traiter la première partie du sujet, je passe à la seconde. Pour éloigner l'insulte du sage, j'userai maintenant de quelques arguments personnels, mais aussi des arguments communs. L'insulte est une injustice mineure qui peut être sujet de plainte plutôt que de poursuite : aussi les lois n'estiment pas qu'elle mérite vengeance. Le désir de vengeance vient de la médiocrité d'une âme qui se sent

diminuée pour une action ou une parole qui la déconsidèrent : « Tel ne m'a pas reçu aujourd'hui, alors qu'il en recevait d'autres » ; « il a dédaigné ma conversation avec insolence, ou il a ri ouvertement » ; « il ne m'a pas fait prendre place dans le lit du milieu, mais dans le lit du bas[10] », et autres choses de ce genre. Comment appeler cela, sinon les plaintes d'une âme dégoûtée qu'on ne trouve guère que chez les voluptueux et les gens fortunés ? Quand on est menacé du pire, on n'a pas le temps de faire toutes ces remarques. À cause de trop de loisir, des esprits naturellement faibles et efféminés, faisant les délicats parce qu'ils ne connaissent pas d'injustice véritable, s'émeuvent de choses pareilles ; pour une grande part, elles viennent d'un défaut d'interprétation. Aussi c'est montrer qu'on n'a pas en soi la moindre sagesse ni la moindre confiance que de s'affecter d'une insulte ; en effet il n'est pas douteux qu'on se juge alors méprisé, et cette peine n'arrive que par suite d'une certaine médiocrité de l'âme qui se ravale et s'abaisse. Or le sage n'est méprisé par personne : il connaît sa propre grandeur, il considère en lui-même qu'il n'est permis à personne autre si grand pouvoir, et tous les petits ennuis (je ne dirais pas les misères) de l'âme, il n'a pas à les vaincre, il ne les sent même pas. Ce sont d'autres coups qui frappent le sage, mais sans l'ébranler : c'est la douleur corporelle, l'affaiblissement, la perte de ses amis et de ses enfants, les malheurs de sa patrie lorsqu'elle est en proie à la guerre. Ces choses-là, le sage les sent, je ne le nie pas, car nous ne lui prêtons pas la dureté de la pierre ou du fer. Il n'y a aucune vertu à supporter ce qu'on ne sent pas.

(11) Quoi donc ! Le sage reçoit quelquefois des coups ; mais de ces coups reçus il triomphe, il en guérit, il en supprime les conséquences. Quant aux petites choses, il ne les sent même pas ; ce sont faits courants contre lesquels il n'use pas de sa vertu de résignation aux maux ; il ne les remarque pas, ou il pense qu'il faut en rire. En outre, comme les insultes sont surtout le fait de gens orgueilleux et arrogants, il a de quoi repousser leurs sentiments et leur enflure grâce à la plus belle de toutes les vertus, la santé de l'âme et sa grandeur. Il passe à travers ces misères de toute sorte comme à travers les vaines images des rêves, ces visions nocturnes qui n'ont rien de solide ni de réel. Il pense en même temps que tous ces gens sont placés trop bas pour avoir l'audace de mépriser des êtres tellement au-dessus d'eux. Le mot insulte *(contumelia)* vient de mépris *(contemptus)*, car ce sont seulement les gens qu'on méprise qui sont en butte à une injure de ce genre ; or on ne méprise pas un plus grand et meilleur que soi, même s'il fait un acte qui attire ordinairement le mépris. L'enfant donne des soufflets à ses parents ; étant

encore tout petit il décoiffe sa mère et lui arrache les cheveux, il crache sur elle ; il découvre à la vue des siens ce qu'on doit cacher et n'est point avare de mots obscènes ; rien de tout cela ne s'appelle une insulte. Pourquoi ? Parce que celui qui agit ainsi n'est pas capable de mépriser. Pour la même raison les plaisanteries insolentes de nos esclaves à l'égard des maîtres nous amusent, cette audace va jusqu'à prendre le droit de s'exercer contre les convives si elle a commencé sur le maître, et dans la mesure même où les esclaves sont méprisés et objets de dérision, on donne à leur langue une liberté entière. Certains dans ce but achètent de jeunes esclaves effrontés, et aiguisent leur impudence en les tenant sous un maître, afin de leur faire proférer bien à propos des paroles injurieuses que nous n'appelons pas insultes, mais bons mots.

(12) Quelle folie tantôt de se plaire à une chose, tantôt d'en être offensé, d'appeler outrage le mot d'un ami qu'on appelle raillerie plaisante s'il vient d'un esclave ! Les sentiments que nous avons envers les enfants, le sage les a envers tous ceux qui, la jeunesse passée et les cheveux blancs venus, restent des enfants. Quels progrès ont-ils faits, ces gens à l'âme méchante, dont les erreurs vont toujours en croissant ? Ils ne se distinguent des enfants que par la taille et les formes de leur corps ; d'ailleurs, non moins

qu'eux remuants et inconstants, ils sont portés aux plaisirs sans discernement ; agités, ils ne se tiennent tranquilles que par crainte et non par intelligence. Entre eux et les enfants, il n'y a, pourrait-on dire, aucune différence puisqu'ils sont également avides les uns de dés, de noix et de menue monnaie, les autres d'or, d'argent et de villes entières ; les uns instituent entre eux des magistratures et imitent la prétexte[11], les faisceaux et le tribunal ; les autres prennent ce même jeu au sérieux au Champ de Mars, au Forum et à la Curie ; les uns élèvent sur des plages des semblants de maisons avec des tas de sable ; les autres, croyant poursuivre une chose importante, sont occupés à remuer des pierres, à bâtir des murailles et des maisons et font un danger de ce qui avait été inventé pour abriter leurs personnes. Donc l'erreur est égale chez les enfants et chez les adultes ; mais chez ceux-ci elle va à des objets différents et plus importants. Aussi le sage a-t-il raison de prendre les insultes comme des jeux ; et parfois, comme on le fait avec les enfants, il avertit et punit les responsables, non qu'il ait ressenti l'injustice, mais parce que ceux-ci l'ont commise et pour qu'ils cessent de la commettre. C'est ainsi que l'on corrige même les bêtes à coups de fouet ; quand elles refusent de porter le cavalier, nous ne nous mettons pas en colère contre elles, mais nous les maîtrisons pour que la douleur soit victorieuse de leur entêtement. Tu verras ainsi la solution de la difficulté qu'on nous oppose : pourquoi, si le sage ne sent ni l'injustice, ni l'insulte, punit-il ceux qui la commettent ? Ce n'est pas par vengeance, mais pour les corriger.

(13) Pourquoi refuser de croire que pareille fermeté d'âme appartient au sage, alors qu'on peut la remarquer chez d'autres, pour un motif différent il est vrai ? En effet, quel médecin se met en colère contre un fou ? ou bien prend en mauvaise part les injures d'un fiévreux à qui il interdit les bains froids ? Le sage a envers tous les hommes les mêmes dispositions que le médecin envers ses malades. Celui-ci ne dédaigne pas de palper les organes sexuels, s'ils ont besoin de remèdes, ni d'examiner les excréments et les urines, ni d'écouter les insultes dues à des accès de folie. Le sage, lui, sait bien que tous ceux qui s'avancent revêtus de toges et parés de pourpre, avec le teint coloré de la bonne santé, sont des malades ; il ne voit en eux que des gens souffrants et mal équilibrés. Aussi il ne se fâche pas si, dans leur maladie, ils se sont hasardés à quelque impertinence contre le médecin, et comme il ne compte pour rien leurs hommages, il a le même sentiment envers leurs actes désobligeants. De même qu'il ne trouve aucun plaisir aux attentions qu'un mendiant a pour lui, et qu'il ne se jugera pas insulté parce qu'un vil plébéien ne lui aura pas rendu son salut, de même

il ne va pas s'admirer lui-même parce que beaucoup de gens riches l'auront admiré ; il sait en effet que ces riches ne diffèrent pas des mendiants, et qu'ils sont même plus malheureux qu'eux ; car les mendiants ont peu de besoins, tandis que les riches en ont beaucoup. Aussi bien si un roi des Mèdes ou un Attale d'Asie [12], salué par lui, passe en silence et d'un air arrogant, il ne s'en affectera nullement ; il sait bien que leur situation n'est pas plus enviable que celle d'un maître d'une grande maisonnée à qui revient le soin de contenir des malades et des insensés. Serai-je ennuyé si quelqu'un de ces marchands du temple de Castor ne m'a pas en retour salué de mon nom, alors que ces gens vendent et achètent une misérable marchandise humaine, eux dont les boutiques sont pleines d'esclaves de la plus basse qualité ? Je pense que non. Qu'y a-t-il de bon en effet chez un homme qui n'a sous lui que des méchants ? Donc, comme je n'attache aucune importance à la politesse ou à l'impolitesse d'un tel individu, je n'en attache pas non plus à celle d'un roi : « Tu as au-dessous de toi des Parthes, des Mèdes, des Bactriens, ces gens tu les retiens par la crainte, mais à cause d'eux tu n'arrives pas à détendre ton arc ; ils sont les derniers des hommes, toujours à vendre et en quête d'un nouveau maître. » Tu ne seras donc ému d'aucune insulte. Les hommes diffèrent tous les uns des autres ; mais le sage les juge tous égaux, à cause de leur égale folie. Si une fois il s'était abaissé à s'émouvoir d'une injustice ou d'une insulte, il ne pourrait plus jamais retrouver son calme ; or le calme est le bien distinctif du sage. Celui-ci ne s'exposera pas en se vengeant d'une insulte à faire honneur à son insulteur ; car l'homme qui voit qu'on est fâché d'être méprisé par lui se réjouit nécessairement de l'estime qu'on fait de lui.

(14) Il y a des gens qui sont assez fous pour penser qu'une insulte peut leur venir d'une femme. Et qu'importe sa fortune, le nombre de ses porteurs de litière, ses pendants d'oreille ou la largeur de son siège ? Ce n'en est pas moins un animal impudent et, à moins qu'elle ne soit savante et fort instruite, un animal sauvage, incapable de contenir ses passions. Certains ne supportent pas d'être bousculés par leur coiffeur ; ils appellent insulte la mauvaise humeur d'un portier, la vanité d'un nomenclateur[13], l'air sourcilleux d'un valet de chambre. Quel rire doit s'élever au milieu de tout cela ! De quel plaisir doit être remplie l'âme, lorsque, après l'agitation et les égarements d'autrui, on vient à contempler son propre calme ! — Quoi ! le sage n'approchera-t-il point des portes que défend un gardien difficile ? — Si une affaire nécessaire l'appelle, il essayera, et, quel que soit le portier, il l'apaisera comme on offre de la nourriture à

un chien hargneux ; il ne s'indignera pas d'avoir à faire quelque dépense pour franchir le seuil, pensant à certains ponts qu'on ne peut passer sans donner d'argent. C'est pourquoi il donnera à celui, quel qu'il soit, qui lève une contribution sur les visiteurs : le sage sait acheter les objets qui se vendent. C'est la marque d'un tout petit esprit que de se plaire à répondre hardiment au portier, de lui briser sa baguette, de demander en arrivant près du maître qu'il soit fouetté. Celui qui conteste se rend adversaire et pour vaincre se met au même niveau que l'autre. — Mais que fera le sage si on lui donne un soufflet ? — Ce que fit Caton, quand on le frappa au visage ; il ne s'emporta pas, il ne se vengea pas de l'injure, il ne la pardonna même pas, mais il nia qu'on lui eût fait une injure ; il était d'une âme plus grande de l'ignorer que de la pardonner. Nous ne nous arrêterons pas longtemps à ce sujet ; qui ignore en effet que rien de ce que l'on croit bon ou mauvais n'apparaît tel au sage ? Il n'a pas égard aux jugements des hommes sur ce qui est honteux ou malheureux ; il ne suit pas le chemin du peuple ; mais, comme les astres qui dirigent leur voie en un sens contraire au mouvement du monde, il va à l'inverse de l'opinion générale.

REMARQUES GÉNÉRALES SUR LA CONSTANCE DU SAGE

(15) Cessez donc de dire : « Le sage ne subira-t-il pas d'injustice si on le frappe ou si on lui crève un œil ? Ne subira-t-il pas d'insulte s'il est poursuivi à travers le forum par des paroles injurieuses d'individus répugnants ? ou si, au dîner d'un roi, on l'invite à se coucher au bas de la table et à manger avec les esclaves qui ont pour leur part les services les plus vils ? ou s'il doit supporter un de ces affronts qui se trouvent être ce qu'on peut imaginer de plus pénible pour la dignité d'un homme libre ? » Tous ces désagréments, si nombreux et si grands qu'ils deviennent, sont de même nature. Si les moindres ne le touchent pas, les grands ne l'atteindront pas davantage, et si, en petit nombre, ils lui sont indifférents, ils le lui seront tout autant, s'ils deviennent plus nombreux. Mais c'est d'après votre faiblesse que vous imaginez une grande âme ; et, quand vous avez réfléchi à ce que vous pouvez supporter, vous admettez que la résignation du sage va seulement un peu plus loin. Mais en fait, sa vertu l'a placé dans une autre région du monde, et il n'a rien de commun avec vous. Aussi quelles que soient ses difficultés, si

lourdes que soient à supporter les choses dont il faut éviter le récit et le spectacle, il ne sera pas écrasé parce qu'elles arrivent ensemble ; et comme il résiste à chacune prise à part, il résistera à toutes à la fois. Quand vous dites : « Telle chose est supportable au sage, telle autre ne l'est pas », vous mettez des limites déterminées à sa grandeur d'âme ; vous avez tort. La Fortune est victorieuse de nous, si nous ne la vainquons pas tout entière. Et ne croyez pas que ce soit là du rigorisme stoïcien, voici ce que dit Épicure, que vous prenez comme avocat de votre mollesse et dont vous croyez les préceptes doux, amollissants et portant aux plaisirs : « Rarement la Fortune est sur le chemin du sage. » Quels mots presque virils il a prononcés ! Veux-tu dire des paroles encore plus courageuses et écarter complètement la Fortune ? Vois la maison du sage ; elle est étroite, sans confort, silencieuse et simple ; elle n'est point gardée par des portiers, qui écartent la foule avec arrogance et qu'il faut acheter ; mais, ce seuil vide et sans portiers, la Fortune ne le franchit pas. Elle sait que, là où rien n'est à elle, il n'y a pas de place pour elle. Si Épicure ne tient compte des injures, lui qui a tant d'indulgence pour le corps, que peut-il sembler y avoir, dans ce que nous disons, d'incroyable et qui dépasse la mesure de la nature humaine ? Selon Épicure, le sage peut supporter les injustices ; selon nous, il n'y a pas d'injustice.

(16) Et ne dites pas que cela est contraire à la nature. Nous ne nions pas qu'il est dommage d'être frappé et roué de coups et d'être privé d'un membre ; mais nous affirmons que ce ne sont pas là des injustices ; nous n'enlevons pas le sentiment de la douleur, nous n'acceptons pas le mot d'injure, qui ne peut être admis si la vertu est sauve. Qui des deux dit vrai, c'est ce que nous verrons ; au moins sont-ils d'accord pour mépriser les injures. Tu demandes quelle différence il y a entre eux ? C'est celle qu'il y a entre deux gladiateurs très courageux dont l'un arrête le sang de sa blessure sans lâcher pied, et l'autre se retourne vers la foule criante pour lui faire signe que ce n'est rien et qu'il ne veut pas qu'on intercède en sa faveur. Il ne faut pas considérer comme important le point sur lequel nous sommes en désaccord. Sur la question débattue et qui seule nous touche, l'un et l'autre de ces exemples nous donnent le même conseil : mépriser les injustices et aussi les insultes qui sont comme des ombres et des soupçons d'injustices. Pour les voir de haut il n'est pas besoin d'être un sage, mais seulement d'être assez maître de soi pour pouvoir dire : « Est-ce que je mérite ou non ce qui m'arrive ? Si je le mérite, ce n'est pas une insulte mais un jugement ; si je ne le mérite pas, c'est à l'auteur de l'injustice d'en rougir. » Et qu'est-ce donc qu'on appelle insulte ? Tel s'est moqué de mon étourderie, de

ma myopie, de mes jambes grêles ou de ma taille. Où est l'insulte, si on entend de sa part ce qui est manifestement vrai ? En présence d'un seul nous rions d'une parole, dont nous nous indignons en présence de plus d'un, et nous ne laissons pas aux autres la liberté de dire ce que nous avons accoutumé de dire nous-mêmes contre nous-mêmes. Nous avons plaisir à des plaisanteries modérées ; nous nous fâchons de celles qui sont exagérées.

(17) Chrysippe[14] parle d'une personne qui s'indignait parce qu'on l'avait appelée « brute marine ». Nous avons vu pleurer au sénat Fidus Cornelius, gendre de Ovidius Nason, parce que Corbulon[15] l'avait traité d'autruche déplumée. Contre d'autres médisances qui portaient atteinte à ses mœurs et à sa manière de vivre, Fidus conserva un front calme, mais, devant une telle absurdité, ses larmes jaillirent ; si grande est la faiblesse d'une âme, dont la raison est partie ! Pourquoi nous blesser si l'on imite notre manière de parler ou notre démarche, si l'on contrefait quelque défaut de notre corps ou de notre langage ? Comme si tout cela devenait plus notoire par cette imitation que par nos propres façons d'être ! Nous entendons parfois à contre-cœur parler de notre vieillesse, de nos cheveux blancs, toutes choses à quoi nous avons souhaité d'arriver. Des gens s'irritent quand ils entendent médire de leur pauvreté ; chacun dissimule ce

qu'il se reproche à lui-même. C'est pourquoi on enlève toute matière aux effrontés et aux plaisanteries injurieuses en prenant d'abord les devants ; on n'offre pas sujet de rire aux autres, quand on est capable de rire de soi-même. On raconte que Vatinius, un homme naturellement moqueur et méchant, fut un bouffon aimable et railleur ; il se moquait souvent lui-même de ses pieds et de sa respiration entrecoupée ; et il échappa aux plaisanteries de ses ennemis, qui étaient nombreux, et en particulier de Cicéron. Si pareil homme a pu arriver à ce résultat grâce à son effronterie qui lui avait appris à ne pas rougir d'être continuellement insulté, pourquoi ne serait-ce pas possible à un homme que les études libérales et la culture de la sagesse ont fait parvenir à quelque progrès moral ? Ajoutez que c'est une sorte de vengeance d'enlever ainsi le plaisir de l'insulte à son auteur. On dit généralement : « Malheur à moi ! il ne m'a pas compris, je pense ! », tellement le bénéfice de l'insulte est dans le sentiment et l'indignation de celui qui en est l'objet. De plus, l'insolent ne manquera pas de trouver parfois son pareil qui te vengera, toi aussi.

(18) Gaius César[16], qui était fort riche en défauts, avait entre autres, disait-on, celui d'être porté à l'insulte, il prenait un plaisir extraordinaire à frapper tout le monde de quelque outrage, bien que lui-même présentât une très

ample matière à la moquerie avec sa pâleur si horrible qui témoignait de ses excès, ses yeux menaçants cachés sous un front de vieille femme, la laideur d'un crâne chauve semé de cheveux rares ; ajoutez sa nuque pleine de poils, des jambes maigres et des pieds énormes. Je n'en finirais pas si je voulais rapporter une à une ses insultes contre les sénateurs et contre ses propres aïeux, contre tous les ordres de l'État. Je rapporterai celles qui ont causé sa perte. Il avait parmi ses premiers amis Valérius l'Asiatique [17], homme fier et peu disposé à supporter d'une âme égale les insultes des autres. Dans une assemblée, et d'une voix fort claire, César lui reprocha la façon dont était sa femme dans les relations charnelles. Dieux bons ! Fallait-il qu'un homme entendît chose pareille ! et qu'on arrive à ce degré de dissolution que le prince raconte non pas au personnage consulaire, non pas à l'ami, mais simplement au mari et son propre adultère et son dégoût ? Chéréas, tribun militaire, avait une manière de parler qui ne répondait pas à sa bravoure ; il avait une voix faible et efféminée qui l'aurait rendu suspect si l'on n'avait connu son passé. Quand il demandait le mot d'ordre, Gaius lui donnait tantôt « Vénus », tantôt « Priape », voulant d'une façon et de l'autre humilier un soldat pour sa mollesse, et César portait lui-même des vêtements transparents, des sandales et des bracelets ! C'est ainsi qu'il contraignit le tribun à prendre le fer pour n'avoir pas à demander plus longtemps le mot d'ordre. Chéréas fut le premier parmi les conjurés à lever le bras ; d'un seul coup, il trancha la tête de Gaius par le milieu ; ensuite de toutes parts s'offrirent en très grand nombre les épées vengeresses des insultes publiques ou privées, mais le premier à frapper fut celui qui paraissait le moins viril[18]. Et ce même Gaius voyait partout des insultes, aussi impatient à les supporter que désireux d'en adresser aux autres. Il se fâcha contre Herennius Macer qui l'avait salué du nom de Gaius ; et ce ne fut pas impunément qu'il arriva à un premier centurion de l'appeler Caligula ; en effet comme il était né dans les camps et enfant des légions, c'était son nom habituel, et il ne fut plus connu des soldats que sous ce nom ; mais lui voyait dans le nom de Caligula une injure et un opprobre, une fois qu'il fut élevé sur ses cothurnes[19]. Ainsi, même si par indulgence nous abandonnons la vengeance, nous nous consolerons en pensant qu'il y aura bien quelqu'un pour infliger un châtiment aux effrontés, aux arrogants et aux insulteurs ; de pareils défauts ne se satisfont pas d'un seul homme ni d'une seule injure. Considérons les exemples de ceux dont nous louons la patience, tel Socrate qui prit en bonne part les plaisanteries des comédies jouées en public contre lui et auxquelles il assista, et qui n'en rit pas moins lorsqu'il fut inondé d'eau sale par sa femme Xanthippel. On reprochait à Antisthène sa mère barbare et thrace ; la mère des dieux, répondit-il, est, elle aussi, de l'Ida[20].

CONCLUSION :
LIBERTÉ DU SAGE
ET DE L'ASPIRANT À LA SAGESSE

(19) Il ne faut jamais en venir aux disputes et à la lutte ; il faut en éloigner nos pas ; il ne faut pas tenir compte de la manière dont agissent, en des cas de cette sorte, des gens inconsidérés (car ces querelles ne sont que le fait de gens inconsidérés). Les compliments du vulgaire et ses injures doivent être mis sur la même ligne ; il ne faut pas se peiner des uns, ni se réjouir des autres. D'ailleurs, si nous redoutons les insultes ou si elles nous répugnent, nous négligeons d'accomplir bien des choses nécessaires ; nous n'irons pas au-devant de devoirs publics ou privés, qui nous sont parfois fort profitables, tant que nous sommes angoissés par l'inquiétude, digne d'une femme, d'entendre parler contre nous ; parfois aussi, irrités contre des hommes puissants, nous pourrons dévoiler ce sentiment

avec une liberté excessive. Ne rien supporter, ce n'est pas là la liberté : nous nous trompons. La liberté consiste à placer notre âme au-dessus des injures, à se faire tel que les raisons de se réjouir viennent de soi tout seul, à détourner de soi les choses extérieures pour n'avoir pas à mener la vie inquiète d'un homme qui craint les rires et les langues de tout le monde. Qui est-ce, en effet, qui ne pourrait pas nous faire injure, si un seul le peut ? Mais le sage et le prétendant à la sagesse useront d'un remède différent. Aux imparfaits, qui se guident encore sur le jugement commun, il faut proposer de s'habituer à vivre au milieu des injures et des insultes, les accidents sont toujours plus supportables, quand on s'y attend. Plus on est honorable par sa famille, par sa renommée, par son patrimoine, plus courageusement on se conduit en se souvenant que les ordres d'élite sont debout au premier rang du front de bataille. Les insultes, les paroles outrageantes, les infamies et les autres bassesses il faut les considérer comme des cris d'ennemis, ou des traits lancés de loin, ou des pierres claquant sur les casques sans blesser. Quant aux injustices, qu'on les endure comme des blessures faites soit aux armes, soit à la poitrine sans pour cela être abattu, ni même reculer d'un pas. Même si vous êtes serrés de près, si vous êtes bousculés par la violence de vos ennemis, il est honteux de céder : gardez le poste qui vous a été assigné par la nature. Quel est ce poste, demandez-vous ? Celui d'un homme. Le sage a un autre secours, un secours inverse. Vous, vous êtes en pleine action ; pour lui la victoire est chose acquise. Ne résistez pas au bien qui est vôtre et nourrissez-en l'espérance dans vos âmes jusqu'à ce que vous soyez parvenus à la vérité ; ayez la volonté d'accepter le mieux, aidez-le de vos opinions et de vos vœux. Ne pas être vaincu, être quelqu'un contre qui la Fortune ne peut rien, c'est appartenir à la république du genre humain.

De la tranquillité de l'âme

Ce traité, qu'il est impossible de situer plus précisément qu'entre les dates limites de 49 et de 61, est le second des trois ouvrages que Sénèque dédia à son ami Annæus Sérénus. Dans le premier, De Constantia sapientis, *il s'agissait de convertir au stoïcisme un épicurien plein de réticences à l'égard de la doctrine stoïcienne de l'impassibilité du sage ; dans le troisième,* De Otio, *l'entreprise de conversion ayant réussi au-delà de toute espérance, Sénèque doit au contraire se défendre des reproches d'hétérodoxie que lui adresse Sérénus, tout brûlant de l'ardeur du néophyte. L'ouvrage qui nous occupe se place à une étape intermédiaire. Sérénus s'est laissé convaincre de la vérité théorique du stoïcisme. Mais il éprouve de grandes difficultés à faire passer dans sa conduite et à vivre affectivement les dogmes auxquels son intelligence adhère ; on le sent inquiet, hésitant, mobile. Et c'est une véritable consultation médicale qu'il demande à son ami, en lui soumettant la description des symptômes de son mal ; au médecin des âmes il appartiendra de préciser le diagnostic et d'indiquer les remèdes. Le traité constitue ainsi comme une longue ordonnance : par opposition au mal diagnostiqué, il définit la santé comme* tranquillitas, *présentée comme l'équivalent de l'*εὐθυμία, *grecque (cette notion, qu'on traduit habituellement par bonne humeur, désigne plutôt la confiance, l'optimisme ; c'est le mot clef de la morale démocritéenne, qui semble avoir exercé sur notre traité une influence importante) ; puis il énumère les moyens propres à acquérir cette* tranquillitas *si on ne la possède pas, à la conserver si on la possède, à la retrouver si on l'a perdue.*

*Cette division tripartite, que donne Sénèque lui-même (*XVII, *12), ne correspond du reste pas à la structure de l'ouvrage, qui mis à part les six premiers chapitres n'est pas d'une fermeté exemplaire. Après la description du mal, faite d'abord par Sérénus lui-même (*I*), reprise et développée par Sénèque (*II*), est discutée la question de savoir dans quelle mesure l'activité constitue un remède. Après avoir exposé la doctrine d'Athénodore, qui, favorable en principe à l'activité, aboutit pratiquement à l'apologie de l'*otium, *Sénèque la critique et fait de l'activité, mesurée selon les circonstances et les possibilités de chacun, un éloge nuancé (*III-VI*). À partir du chapitre* VII, *le fil du discours s'interrompt assez brusquement pour qu'on ait pu supposer l'existence d'une lacune, et ce qui suit n'est plus qu'une énumération, assez mollement articulée et bourrée de digressions, des principaux écueils sur lesquels risque de sombrer la* tranquillitas. *Écueils* *extérieurs, d'abord : amitiés mal choisies* (VII*), richesses* (VIII-IX*), situations trop misérables ou au contraire trop élevées* (X-XI*), agitation mondaine* (XII-XIII*). Écueils intérieurs ensuite : manque de souplesse et de résignation* (XIV*), tendances au pessimisme* (XV-XVI*), manque de simplicité* (XVII*). Mais l'association des idées entraîne plus d'une fois Sénèque sur des chemins de traverse, dont il se dégage tant bien que mal.*

*Ce traité se recommande par la vivacité de ses portraits et la finesse de ses analyses psychologiques, qu'il s'agisse de la minutieuse description de l'état moral de Sérénus, ou des notations qui en quelques mots dépeignent l'agitation des mondains. Au point de vue des idées morales, on remarquera la position si nuancée qu'adopte Sénèque dans la fameuse question de l'*otium *et du* negotium, *de la retraite studieuse et de l'activité publique, question toujours si épineuse pour un Romain et pour un philosophe : on pourra comparer ce qu'il en dit ici avec les autres textes où il examine ce problème dans un esprit parfois tout à fait différent : le* De Brevitate vitæ, *et naturellement le* De Otio, *sans compter plusieurs des* Lettres à Lucilius. *Dans le* De Otio, *par exemple, il prendra entièrement à son compte la thèse qu'il attribue ici, pour la critiquer, à Athénodore ; mais pour le moment il considère que le renoncement à la vie active ne peut se justifier que sous la pression des circonstances ; encore recommande-t-il de n'y céder que pied à pied. Ces palinodies reflètent, à n'en pas douter, les vicissitudes de la carrière personnelle de Sénèque ; mais il faut remar-*

quer que sur ce point l'orthodoxie stoïcienne, en principe tout à fait favorable aux activités publiques, souffrait dans la pratique de nombreuses dérogations : Sérénus le fait remarquer ici (I, *10), et Sénèque lui-même en profitera largement pour établir la thèse du* De Otio. *On peut ajouter que la tradition philosophique de l'*otium *et la tradition romaine du dévouement à la chose publique définissaient deux pôles entre lesquels l'esprit de notre auteur pouvait se mouvoir avec assez de liberté, assuré qu'il était ainsi de ne jamais manquer de garants pour renforcer l'autorité de son enseignement moral.*

PROLOGUE

SÉRÉNUS EXPOSE SON CAS À SÉNÈQUE

En cherchant en moi-même, Sénèque, je trouve certains défauts qui m'apparaissent à découvert et pourraient être saisis à la main ; d'autres sont plus cachés et comme en retrait ; d'autres ne sont pas continuels mais reviennent par intervalles : ce sont, dirais-je, les plus gênants ; ils ressemblent à ces ennemis insaisissables qui vous assaillent par occasion, et ne permettent ni qu'on se prémunisse comme si on était en guerre contre eux, ni qu'on ait la sécurité de l'état de paix. (2) Pourtant dans l'état que je saisis le plus souvent en moi (pourquoi ne pas te dire la vérité comme on la dit à un médecin ?), je ne suis ni franchement délivré de mes craintes et de mes haines d'antan, ni en butte à ces passions ; la situation où je me trouve, sans être la pire de toutes, est surtout gémissante et chagrine ; je ne suis ni malade, ni bien portant. (3) Ne va pas dire que les vertus, faibles à leur origine, prennent consistance et force avec le temps. Je n'ignore pas que celles dont les efforts vont vers le dehors, je veux dire la dignité du rang, la réputation d'éloquence et toutes celles qui s'adressent au suffrage d'autrui, se renforcent par leur durée ; et celles qui nous procurent des forces véritables, comme celles qui, pour plaire, se parent de faux dehors, attendent de longues années jusqu'à ce que le temps étende peu à peu leurs couleurs. Mais pour le défaut que je trouve en moi, je crains bien que l'habitude, qui donne à tout de la permanence, n'enfonce ce vice plus profondément en moi. Un long commerce engendre l'amour du mal autant que celui du bien. (4) Cette faiblesse d'une âme, hésitante entre les deux partis, qui ne tend avec force ni au bien ni au mal, je ne puis te dire d'un coup en quoi elle consiste, je puis te la montrer en détail. Je vais te dire les symptômes et tu trouveras un nom à la maladie. (5) J'ai un très grand amour de la simplicité, je l'avoue. Ce qui me plaît, ce n'est pas un lit arrangé pour la montre, un vêtement tiré d'un coffre parfumé et qu'on écrase sous des poids et sous des cylindres sans nombre pour l'obliger à garder son lustre [1], c'est un vêtement d'intérieur, qui coûte peu et que je ne mette pas grand soin à conserver ni à revêtir. (6) La nourriture que j'aime, ce n'est pas celle que préparent et surveillent des troupes d'esclaves, que l'on commande plusieurs jours à l'avance et qui est servie par une multitude de mains ; ce sont des mets ordinaires et qu'on trouve partout, qui n'ont rien de recherché ni de précieux, qui ne feront nulle part défaut, qui ne sont pas une charge pour le patrimoine ni pour le corps et qui ne ressortiront pas par où ils sont entrés. (7) Je veux un serviteur sans élégance et un petit esclave ignorant ; j'aime l'argenterie massive qui me vient du campagnard qu'était mon père, et qui n'a pas été travaillée ni signée par un artiste ; ma table ne se fait pas remarquer par le brillant de ses marbrures ; elle n'est point connue de toute la ville pour avoir passé de main en main, chez des possesseurs amateurs d'art ; disposée pour l'usage, elle ne retient pas les regards des convives par son charme et elle n'allume pas en eux la jalousie. (8) Et lorsque ces goûts sont bien implantés en moi, mon esprit se laisse frapper par le luxe des appartements où l'on dresse les esclaves, par la vue des serviteurs vêtus avec plus de soin que pour une parade, couverts d'ornements dorés, et de toute une armée d'esclaves éblouissants ; la maison, jusqu'au sol que l'on foule aux pieds, est somptueuse ; des richesses sont répandues dans tous les coins ; les plafonds eux-mêmes étincellent ; et l'on voit s'y presser la foule qui s'attache et s'accroche aux fortunes en train de se dissiper. Et ces bassins d'eaux limpides et transparentes, qui entourent même les salles de festin ! Et ces repas, dignes de leur décor ! (9) Moi qui sors d'un long séjour du côté de la sobriété, ce luxe avec tout son éclat m'enveloppe et m'étourdit. Sa vue m'éblouit quelque peu ; il m'est plus facile d'en supporter la pensée que d'y porter mes regards. Aussi je rentre chez moi non pas corrompu mais préoccupé ; je ne m'avance plus d'une façon aussi altière au milieu de mes pauvres meubles ; une secrète morsure s'insinue en moi ; je me demande si ces belles choses ne valent pas mieux ; il n'en est aucune qui me transforme, il n'en est pourtant pas une qui ne m'ébranle. (10) Je décide d'appliquer rigoureusement nos préceptes et de m'engager dans les affaires publiques ; je décide de briguer les charges et les faisceaux, non que je sois attiré par la pourpre et par les verges du licteur, mais afin d'être mieux placé pour rendre service à mes amis, à mes proches, à mes concitoyens et finalement à tous les hommes. Avec l'ardeur du néophyte, je suis les conseils de Zénon, de Cléanthe, de Chrysippe ; aucun d'eux sans doute n'a eu accès aux affaires publiques, mais il n'est aucun d'eux qui n'y ait engagé les autres. (11) Qu'un incident vienne frapper mon âme, qui n'a pas l'habitude des heurts, qu'on me porte un coup bas, comme il arrive si souvent dans toute vie humaine, qu'il survienne quelque difficulté, que mon temps se laisse dévorer par des affaires sans grande importance, je retourne à mon loisir, et comme les bêtes, si fatiguées qu'elles soient, mon pas se fait plus vif sur le chemin du logis. (12) Je décide à nouveau d'enfermer ma vie dans mes quatre murs. Que personne ne m'enlève une seule journée, il n'aurait rien à me rendre qui vaille une telle dépense. Que mon âme se fixe en elle-même, qu'elle se cultive, qu'elle ne fasse rien qui lui soit étranger, rien qui exige le recours au jugement d'autrui ; qu'elle ait le goût d'une tranquillité qui ignore les soucis publics ou privés. (13) Mais voici qu'une lecture fortifiante m'élève l'esprit, que de nobles exemples me stimulent : il me prend fantaisie de courir au forum, de prêter à l'un ma parole, à un autre mon assistance qui, sans doute, sera inutile mais qui essayera de lui rendre service, enfin de rabaisser en plein forum l'orgueil de quelque insolent injustement fier de sa réussite. (14) En matière littéraire, je suis bien d'accord, ma parole ! qu'il est préférable d'envisager les choses en elles-mêmes, de leur subordonner le langage, et d'une façon générale de donner la parole aux choses mêmes, afin qu'un style sans apprêt les suive où elles nous conduisent. Quel besoin de composer des ouvrages qui dureront des siècles ? Tu ne veux pas m'écouter ? Tu crains qu'après toi on ne parle pas de toi ? Tu es né pour la mort ; des obsèques sans discours, cela fait moins d'histoires. Écris donc avec simplicité pour occuper ton temps, pour ton propre usage, non pour la publication : inutile de tant se travailler quand on écrit au jour le jour. (15) Mais voilà, dès que mon esprit se hausse à quelque grande pensée, il s'écoute parler, il est impatient de trouver une expression à la hauteur de son inspiration, et les mots lui viennent, proportionnés à la sublimité des idées ; oubliant alors la règle et la sobriété du goût, je me sens transporté en plein ciel et je parle d'une bouche qui n'est plus la mienne.

(16) Pour ne pas entrer davantage dans le détail, cette faiblesse d'une volonté bonne en son principe me suit partout ; je crains de me laisser glisser peu à peu sur sa pente, ou, ce qui est plus inquiétant, d'être toujours en suspens, comme quelqu'un qui va tomber ; et je crains qu'il en soit peut-être ainsi plus encore que je n'en ai moi-même conscience. Car nous regardons d'un œil complaisant ce qui se passe en nous, et toujours l'indulgence fait obstacle au jugement. (17) Bien des gens, je pense, auraient pu parvenir à la sagesse, s'ils n'avaient cru qu'ils y étaient parvenus, s'ils ne s'étaient pas dissimulé certaines de leurs faiblesses intérieures, et s'ils ne s'étaient bouché les yeux pour mieux négliger les autres. Il n'y a pas de raison de penser qu'on se perd plus par la flatterie des autres

qu'en se flattant soi-même. Qui ose se dire à lui-même la vérité? Qui donc, placé au milieu d'une nuée de flatteurs et d'adulateurs, ne l'emporte encore sur eux tous, pour ce qui est de se tresser des couronnes? (18) C'est pourquoi, si tu as quelque remède pour arrêter ce flottement en moi, je te demande de croire que je mérite de te devoir la tranquillité. Ces mouvements de l'âme ne sont pas vraiment dangereux et n'ont rien d'alarmant, je le sais bien. Pour t'exprimer par une image précise ce dont je me plains, je ne suis pas en butte à la tempête, mais je souffre du mal de mer. Déracine donc tout ce qu'il reste là de malsain; aide un homme qui est en vue de la terre, et qui souffre.

RÉPONSE DE SÉNÈQUE

II. (1) Par Hercule! je cherche depuis longtemps, Sérénus, sans avoir l'occasion d'en parler, à quoi je pourrais comparer une pareille affection de l'âme. Je ne saurais en donner une image plus approchante que celle de gens relevant d'une longue maladie, qui, atteints de temps en temps d'un peu de fièvre et de légers malaises, ont beau avoir échappé à tout le reste, ils n'en restent pas moins soupçonneux et inquiets, ils tendent, bien que guéris, leur poignet aux médecins, et interprètent à mal toute chaleur sentie dans leur corps. Leur corps est suffisamment guéri, Sérénus, mais il n'est pas assez habitué à la santé. C'est comme le frisson d'une mer redevenue tranquille, ou d'un lac, quand il se calme après une tempête. (2) Aussi n'est-il plus besoin de ces procédés un peu rudes, étape que nous avons maintenant traversée : t'opposer à toi-même, t'irriter contre toi-même, te faire violence ; ce qu'il te faut, c'est ce qui vient en dernier lieu : avoir confiance en toi, croire que tu es dans la bonne voie, sans te laisser détourner par les fausses pistes de tous ceux qui se sont fourvoyés de tous les côtés, et qui parfois s'égarent dans les parages immédiats de la route. (3) Ce que tu cherches, c'est une grande chose, une chose souveraine, toute proche de la divinité, c'est d'être inébranlable ; c'est cette assiette stable de l'âme, appelée en grec *euthymia,* sujet d'un remarquable ouvrage de Démocrite, et que j'appelle tranquillité. Il n'est pas en effet nécessaire, dans une traduction, d'imiter la forme du mot ; l'idée même dont il s'agit doit être désignée par un mot qui ait le sens du vocable grec, sans en avoir l'aspect extérieur. (4) Nous allons donc chercher comment l'âme peut avoir une démarche égale et avancer d'un cours heureux, comment elle peut s'accorder sa propre estime et envisager avec contentement tout ce qui lui appartient, comment elle peut éprouver une joie ininterrompue et persister dans cet état paisible, sans s'exalter ni se déprimer : ce sera là la tranquillité. Cherchons en général comment on peut y parvenir : tu prendras, du remède commun, la dose que tu voudras. (5) Il faut parfois mettre en lumière un défaut dans son ensemble : chacun y reconnaîtra la part qui est la sienne ; tu comprendras en même temps combien le dégoût de soi est moins gênant pour toi que pour ceux qui, s'astreignant à exprimer de beaux sentiments et donnant à leurs efforts une étiquette pompeuse, se contraignent à feindre par point d'honneur plus que par volonté.

DESCRIPTION ET SYMPTOMATOLOGIE DES VARIÉTÉS DU MAL

(6) Tous sont dans le même cas, ceux qui sont perpétuellement en proie aux sautes d'humeur et au dégoût, qui changent continuellement de dessein, et qui préfèrent toujours ce qu'ils ont quitté, aussi bien que les engourdis et les indolents. Ajoutes-y ceux qui se tournent et se retour-

nent comme les gens qui ont le sommeil difficile ; ils prennent une position, puis une autre, jusqu'à ce que la fatigue leur fasse trouver le repos ; ils inaugurent successivement plusieurs genres de vie et ils s'installent finalement dans celui où les surprend non pas la répugnance pour le changement mais la vieillesse, qui n'a plus l'énergie d'innover. Songe encore à ceux qui échappent au reproche d'inconstance, mais par leur inertie plutôt que par leur esprit de suite ; ils vivent non comme ils veulent, mais comme ils ont commencé à vivre. (7) Innombrables sont ces symptômes ; mais ils ont un seul effet, c'est le mécontentement de soi. Cela naît d'un déséquilibre de l'âme, de désirs timides et sans succès, chez des gens qui n'osent pas ou qui n'obtiennent pas autant qu'ils désirent ; se donnant tout entiers à l'espoir, ils sont changeants et mobiles, comme il sied à des esprits en équilibre instable. Pour réaliser leurs désirs, tous les moyens leur sont bons ; ils se font la leçon et s'obligent à emprunter des voies déshonorantes et ardues ; et quand leurs efforts restent sans récompense, leur torture est de s'être déshonorés en vain, ils ne souffrent pas d'avoir voulu le mal, mais de l'avoir voulu sans succès. (8) Dès lors, les voilà obsédés à la fois par le remords de ce qu'ils ont fait et par la crainte de rien tenter, et il s'insinue en eux cette agitation d'une âme qui ne trouve pas d'issue parce qu'ils ne peuvent ni commander à leurs désirs ni leur obéir : c'est l'hésitation d'une vie qui n'arrive pas à se déployer, la situation d'une âme qui se traîne entre des désirs toujours abandonnés. (9) Et tout cela devient plus grave, quand, par répugnance pour une vie d'efforts sans succès, ils se réfugient dans la retraite et dans des études personnelles, que ne peut souffrir une âme tendue vers la politique, passionnée d'action, naturellement incapable de repos, et qui ne trouve pas en elle-même assez de ressources ; enlevez-lui les divertissements que fournissent par elles-mêmes les occupations à ceux qui courent dans tous les sens, elle ne peut supporter le chez soi, la solitude de ses quatre murs ; c'est de mauvaise grâce qu'elle se voit abandonnée à elle-même. (10) De là cet ennui, ce mécontentement de soi, ce va-et-vient d'une âme qui ne se fixe nulle part, cette résignation triste et maussade à l'inaction, surtout lorsqu'elle a honte d'en avouer les motifs et que, par respect humain, elle s'inflige intérieurement ces tortures : les passions enfermées à l'étroit et privées d'issues s'étranglent elles-mêmes. D'où la tristesse, la langueur, les mille fluctuations d'une âme incertaine, hésitante à entreprendre, mécontente d'abandonner ; d'où l'état des gens qui détestent leur inaction, qui se plaignent de n'avoir rien à faire, leur jalousie qui les rend furieux des progrès réalisés par les autres. L'oisiveté mécontente, en effet, entretient la bile ; l'on désire voir tout le monde échouer parce que l'on n'a pas pu réussir. (11) De ce dépit des succès d'autrui, du manque d'espoir d'en remporter pour soi, naît en l'âme l'irritation contre le sort, les plaintes sur le siècle, le désir de se retirer dans son coin ; elle couve sa propre peine dans le dégoût d'elle-même et l'insatisfaction. Par instinct, en effet, l'âme de l'homme est active et portée au mouvement. Toute occasion de sortir de soi, de s'échapper à soi-même lui est agréable, surtout aux esprits les plus médiocres qui adorent se laisser dévorer par les occupations. Il y a des ulcères sur lesquels on porte irrésistiblement la main, au risque d'aggraver le mal, et que l'on gratte avec volupté ; le galeux prend plaisir à tout ce qui exaspère son mal hideux ; de même, dirais-je, pour les âmes en qui les passions ont fait éruption comme des ulcères pernicieux, la peine et les tourments qu'ils s'infligent leur deviennent un plaisir. (12) Il est des choses auxquelles notre corps se plaît, même si elles sont douloureuses : par exemple se retourner, se mettre sur le côté qui n'est pas encore fatigué, se donner de la fraîcheur en changeant de position. Tel est l'Achille d'Homère, tantôt couché sur le ventre, tantôt sur le dos, ne cessant de changer de posture. Le propre du malade, c'est en effet de ne rien supporter longtemps, et de chercher un remède dans le changement. (13) C'est pourquoi l'on entreprend des voyages sans but ; on parcourt les rivages ; un jour sur mer, le lendemain sur terre, partout on manifeste la même instabilité, le même dégoût du présent. « Allons, partons en Campanie. » Mais bientôt, trêve de raffinements : « Voyons donc des pays sauvages : enfonçons-nous dans les maquis du Bruttium et de la Lucanie. » Pourtant dans ces déserts, l'on se prend à souhaiter quelque endroit agréable où des regards habitués au luxe puissent se reposer d'avoir trop longtemps contemplé l'âpreté de ces sites inhumains : « En route pour Tarente, son port si vanté, la douceur de son climat en hiver, son sol assez riche pour nourrir les multitudes qui jadis s'y entassaient... Et maintenant, reprenons le chemin de la capitale ; trop longtemps nos oreilles ont été privées des applaudissements et du vacarme du cirque ; j'ai envie maintenant de jouir de ce spectacle : voir couler du sang humain. » (14) Ainsi on adopte un chemin après l'autre, on échange des spectacles les uns contre les autres. Comme dit Lucrèce : « Ainsi chacun ne cesse de se fuir lui-même. » À quoi cela sert-il, si on ne s'échappe pas à soi-même ? Car on se suit soi-même, importun compagnon qu'on n'arrive pas à semer. (15) Nous devons le savoir : ce ne sont pas les défauts du milieu dont nous souffrons, ce sont les nôtres. Nous sommes trop faibles pour tout endurer ; nous ne supportons longtemps ni le travail ni le plaisir, ni nous-mêmes, ni quoi que ce soit. Cet état conduit parfois certains au suicide, parce que, en changeant souvent de desseins, on retombe toujours sur les mêmes, sans plus laisser de place à la nouveauté ; ils commencent à se dégoûter de la vie et du monde lui-même ; en eux s'insinue la question qui empoisonne toute jouissance : « Toujours la même chose, ah ! jusques à quand ? »

REMÈDE PROPOSÉ PAR ATHÉNODORE

III. (1) Tu me demandes de quel secours user contre ce découragement. Selon Athénodore[2], le mieux serait de s'engager à fond dans une activité effective, conduite de l'État et fonctions politiques. Car de même que certains passent leur journée au grand soleil dans l'exercice et les soins du corps, et qu'il n'y a rien de plus utile pour les athlètes que de passer la plus grande partie de leur temps à entretenir leurs muscles et leur force physique, à laquelle ils se sont entièrement voués, de même, quand on prépare son âme aux rivalités de la politique, le mieux n'est-il pas de beaucoup de se mettre à la tâche qui est la nôtre ? Car, une fois prise la décision de se rendre utile à ses concitoyens et à tous les hommes, on s'exerce et on se perfectionne en même temps, si l'on se porte au fort même de l'action, en administrant, selon ses capacités, les affaires publiques et privées. (2) « Mais, ajoute-t-il, puisque l'ambition insensée des hommes et la foule des calomniateurs qui tournent à mal les actes les plus droits mettent en danger notre droiture, puisqu'on rencontrera toujours plus d'obstacles que de succès, il faut s'éloigner du forum et de la vie publique. D'ailleurs une grande âme trouve dans le privé l'occasion de se déployer pleinement ; et il n'y a aucune comparaison entre les lions et les autres animaux, dont on brise l'élan en les mettant en cage, et les hommes, dont les plus grandes actions s'accomplissent dans la solitude. (3) Pourtant, tout en vivant loin des regards, on gardera, partout où l'on abritera sa retraite, la volonté de rendre service à chacun et à tous par son intelligence, par sa parole et par ses conseils. Car on ne rend pas seulement service à l'État en poussant des candidats aux honneurs, en défendant des accusés et en donnant son avis sur la paix et sur la guerre : en exhortant la jeunesse, en inspirant la vertu, à une époque si marquée par la crise de l'enseignement moral, en prenant à part et en retenant ceux qui se précipitent à la poursuite de l'argent et de la débauche, et, à défaut d'autre chose, en retardant au moins leur élan, on remplit, dans la vie privée, une fonction publique. (4) Le plus important, est-ce le préteur chargé des litiges entre étrangers et citoyens, ou le préteur urbain, lorsqu'ils répètent aux plaignants ce que dit l'assesseur, ou bien celui qui énonce ce que sont la justice, la piété, la résignation, le courage, le mépris de la mort, la connaissance des dieux, et qui explique à combien peu de frais on acquicrt une bonne conscience ? (5) Si donc tu consacres aux études le temps que tu enlèves aux devoirs de société, tu n'auras pas trahi ni failli à ta mission. Il n'est pas le seul à faire la guerre, celui qui est en première ligne et qui soutient l'aile droite ou l'aile gauche ; on est aussi bien soldat en gardant les portes, en s'acquittant de ses fonctions à un poste qui, pour être moins périlleux, n'est pas de tout repos, comme garde de nuit ou préposé à l'équipement ; de telles fonctions, bien qu'elles ne fassent pas couler le sang, font partie intégrante du service militaire. (6) Si tu te replies dans l'étude, tu échapperas complètement au dégoût de la vie ; tu ne souhaiteras pas l'arrivée de la nuit par ennui du jour ; tu ne seras ni importun à toi-même ni inutile aux autres ; tu t'attireras bien des amis, et les meilleurs se presseront chez toi. Même obscure, la vertu ne reste jamais cachée ; elle donne des signes de son existence ; tous ceux qui en sont dignes sauront la reconnaître à ses traces. (7) Car si nous renonçons à tout rapport social, si nous rompons avec le genre humain, si nous vivons tournés seulement vers nous-mêmes, cette solitude, privée de tout soin, aura pour résultat un désœuvrement absolu. Nous entreprendrons alors de construire des maisons, d'en démolir d'autres, de reculer les rives de la mer, d'amener l'eau malgré toutes les difficultés du terrain, et de dilapider le temps que la nature nous a donné à employer ; (8) nous en usons tantôt en avares, tantôt en prodigues ; certains d'entre nous ne savent le dépenser qu'en tenant un registre de son emploi, d'autres n'en conservent aucune trace, et il n'y a rien de plus méprisable. Combien voit-on de vieillards chargés d'ans, qui n'ont d'autre preuve à fournir de la longueur de leur vie, que le nombre de leurs années ! »

OPINION PERSONNELLE DE SÉNÈQUE

IV. (1) Il me semble, très cher Sérénus, qu'Athénodore s'est trop soumis aux circonstances et qu'il a trop vite cédé du terrain. Je ne voudrais pas dire qu'il ne faille parfois reculer, mais lentement, en s'accrochant pied à pied, et en sauvant les étendards et l'honneur militaire. L'ennemi vous traite avec plus de respect et vous assure plus de sécurité quand on vient en armes se placer sous sa protection. (2) Voici, je pense, ce que doivent faire la vertu, et l'amant de la vertu : si le sort est plus fort que lui et lui retranche ses possibilités d'action, qu'il ne tourne pas le dos tout de suite et ne prenne pas la fuite en jetant ses armes, à la recherche d'une cachette, comme s'il y avait un lieu au monde où le sort ne pût le poursuivre ; qu'il se donne seulement avec plus de ménagement à ses devoirs sociaux ; qu'il trouve, en faisant un tri, quelque moyen d'être utile à ses concitoyens. (3) Il ne lui est pas permis d'être soldat ? Qu'il envisage les charges publiques. Il doit vivre dans le privé ? Qu'il soit orateur. Le silence lui est imposé ? Qu'il aide ses concitoyens par une assistance muette. Il est dangereux pour lui d'entrer seulement au forum ? Que dans les demeures privées, dans les spectacles, dans les banquets, il se conduise en bon camarade, en ami fidèle, en convive tempérant. Si les devoirs d'un citoyen lui sont interdits, qu'il s'acquitte de ceux de l'homme. (4) C'est pourquoi nous mettons notre fierté, nous autres, à ne pas nous enfermer dans les murs d'une seule ville ; nous étendons notre société à tout l'univers ; et nous déclarons que notre patrie est le monde, afin de pouvoir donner un champ plus vaste à notre vertu. Le tribunal t'est fermé, les rostres[3] et les comices te sont interdits ? Regarde derrière toi, combien s'ouvrent de vastes espaces, combien de nations ! Jamais ne t'en sera fermée une partie si grande qu'il n'en reste une plus grande encore. (5) Mais prends garde que tout cela ne soit ta faute. Tu ne veux en effet servir l'État que comme consul, prytane, ceryx ou suffète[4]. Eh quoi ! iras-tu refuser de faire la guerre si tu n'es pas général ou tribun ? Même si d'autres se battent aux premières lignes, le sort t'a mis dans les triaires[5] ; accomplis là ta fonction de soldat par ta voix, par tes exhortations, par ton exemple, par ton allant. Même amputé des bras, tel a trouvé au combat le moyen d'être utile à son parti, sans rien faire d'autre que de rester inébranlable et de galvaniser ses compagnons par ses cris. (6) Tu feras de même si le sort t'a écarté du premier rôle dans l'État ; reste debout pourtant et anime tout le monde par tes cris, et, si l'on bâillonne ta voix, reste debout encore et aide les autres par ton silence. Jamais l'action d'un bon citoyen n'est inutile ; on l'écoute, on le regarde ; par sa physionomie, par ses moindres gestes, par son obstination muette, par sa démarche même, il peut servir. (7) Il y a des médicaments dont l'absorption ou le contact sont inutiles, et dont l'odeur à elle seule est efficace ; ainsi se répandent les bienfaits de la vertu, même si elle est lointaine et cachée ; qu'elle se propage et dispose d'elle-même en toute liberté, ou qu'elle ait des moyens d'agir mal assurés et soit forcée de carguer les voiles, qu'elle soit oisive et muette, qu'elle soit enfermée à l'étroit ou qu'elle ait le champ libre, en quelque état qu'elle soit, elle est utile. Crois-tu sans utilité l'exemple d'un homme qui sait se reposer ? (8) Le mieux donc, de beaucoup, c'est d'unir le loisir à l'action, toutes les fois qu'une vie active nous est interdite par des obstacles fortuits ou par les circonstances politiques. Jamais la situation n'est bouchée au point qu'il n'y ait plus de place pour une action morale.

V. (1) Peut-on trouver une ville plus malheureuse que ne fut Athènes, au temps où les trente tyrans la mettaient en pièces ? Ils avaient tué treize cents citoyens, et les meilleurs ; loin de s'en tenir là, leur cruauté s'exaspérait d'elle-même. Dans cette cité, celle de l'Aréopage, le plus scrupuleux des tribunaux, celle d'un sénat et d'un peuple qui valait son sénat, se réunissait chaque jour une sinistre assemblée d'assassins et une funeste curie qui n'avait de prestige qu'aux yeux des tyrans[6]. Pouvait-elle être en repos, cette cité dans laquelle il y avait autant de tyrans que d'hommes de paille ? L'espoir même de recouvrer la liberté ne pouvait se présenter à l'esprit, et l'on ne voyait pas de place pour un remède contre des maux aussi violents. Où trouver assez d'Harmodius[7] dans la malheureuse ville ? (2) Socrate pourtant était au milieu de ses concitoyens ; il consolait les sénateurs abattus ; il réconfortait ceux qui désespéraient de la république ; aux riches qui craignaient pour leur fortune, il reprochait ce repentir tardif d'une cupidité qui maintenant les mettait en danger ; et à ceux qui voulaient l'imiter, il offrait un grand exemple, en marchant comme un homme libre parmi les trente maîtres de la cité. (3) Et pourtant c'est cet homme qu'Athènes elle-même fit périr dans une prison ; il avait bravé sans être inquiété une bande de tyrans ; mais la liberté ne supporta pas sa liberté. Sache donc par là que, dans une république jugulée, il y a encore occasion pour un sage de se manifester et que, dans une république florissante et heureuse, règnent l'argent, la jalousie et mille autres vices contre lesquels on est sans armes. (4) Ainsi donc, selon la manière dont les circonstances politiques se présenteront, selon ce que permettra le sort qui nous est fait, nous étendrons notre activité ou nous nous restreindrons ; en tout cas nous ne resterons pas immobiles, et nous ne nous laisserons pas paralyser par la peur. Oui, celui-là sera vraiment un homme, qui, sous la menace des dangers qui l'entourent, dans le bruit des armes et des chaînes, gardera sa vertu intacte sans pour cela la cacher ; car se terrer n'est pas un moyen de la préserver. (5) Curius Dentatus[8] disait, je crois, qu'il aimerait mieux être mort que vivre mort ; le dernier des malheurs, c'est bien de sortir du monde des vivants avant de mourir. Mais si tu rencontres des circonstances où la vie publique est malaisément abordable, il faut faire en sorte de t'adonner davantage au loisir et aux lettres ; comme un bateau en péril, gagne le port au plus vite ; n'attends pas que les événements t'éloignent ; de toi-même sépare-toi d'eux.

QUELQUES CAS OÙ IL VAUT MIEUX RESTREINDRE SON ACTIVITÉ

VI. (1) Nous devons en cela nous considérer d'abord nous-mêmes, puis les affaires que nous entreprenons, enfin pour qui ou avec qui il nous faut agir. (2) Avant tout, il est nécessaire de s'évaluer soi-même, parce que nous croyons presque toujours pouvoir plus que nous ne pouvons. L'un fera un faux pas pour s'être fié à son éloquence ; l'autre a voulu tirer de son patrimoine plus qu'il ne pouvait supporter. Un troisième a accablé un corps fragile d'une charge trop pénible. (3) Certains ont des timidités peu convenables en des matières politiques qui demandent de la décision ; d'autres une raideur qui n'est pas de mise à la cour; d'autres ne savent pas maîtriser leur irritation, et le moindre outrage les porte à des propos irréfléchis. Certains ne savent pas modérer leur esprit ni s'abstenir de plaisanteries dangereuses. Pour tous ceux-là le repos vaut mieux que l'activité publique. Un caractère hautain et impatient doit éviter ce qui peut éveiller des réactions d'indépendance qui risquent de lui faire du tort. (4) Il faut examiner aussi si tu es plus doué naturellement pour l'action ou pour la recherche solitaire et la spéculation, et il faut te laisser aller dans le sens où te porte ton tempérament. Isocrate attrapa Éphore [9] par la main et l'arracha au forum, parce qu'il estimait qu'il se rendrait plus utile en composant des ouvrages historiques. C'est qu'en forçant un talent, on n'en obtient rien de bon ; et quand la nature se rebiffe, c'est en vain qu'on se donne du mal. (5) Il faut ensuite mesurer nos entreprises elles-mêmes et comparer nos forces avec ce que nous sommes sur le point de tenter. Il doit toujours y avoir plus de force dans le porteur que dans les fardeaux ; les fardeaux qui sont trop lourds pour lui doivent nécessairement l'écraser. (6) Certaines affaires, sans être en elles-mêmes importantes, produisent et engendrent des complications ; il faut éviter ces sources d'embarras toujours nouveaux et renaissants ; il ne faut s'engager dans aucune affaire, si elle ne vous laisse pas libre de revenir sur vos pas ; on ne doit donner la main qu'à un travail que l'on peut finir, ou du moins espérer finir. Il faut abandonner tout ce qui prend de l'extension au fur et à mesure qu'on y travaille, tout ce qui ne cesse pas au moment où on l'a décidé. (7) Il faut surtout bien choisir les hommes : méritent-ils que nous dépensions pour eux une part de notre vie ? Le sacrifice que nous leur faisons de notre temps, en sont-ils seulement conscients ? Car il en est qui nous font une dette des services que nous leur rendons. (8) Athénodore dit qu'il n'irait pas même dîner chez un homme qui ne s'estimerait pas devenu par là son obligé. Tu comprends bien, je suppose, qu'il serait encore bien moins allé chez ceux qui s'acquittent des services de leurs amis en les invitant à dîner, qui comptent chacun de leurs plats comme une largesse, comme si leurs excès devaient honorer leurs hôtes ! Supprime-leur témoins et spectateurs : une orgie confidentielle ne leur dira rien.

RIEN DE MEILLEUR QU'UNE AMITIÉ BIEN CHOISIE

VII. (1) Rien pourtant ne réjouira l'âme autant qu'une fidèle et douce amitié. Quel immense bienfait que d'avoir à notre disposition des cœurs où tout secret pénètre en sûreté, dont nous redoutions la conscience moins que la nôtre, dont la conversation adoucisse nos inquiétudes, dont l'avis éclaire notre volonté, dont la gaieté dissipe notre tristesse, des amis dont la vue même nous fasse plaisir ! Nous les choisirons, autant que possible, exempts de passions : car les vices rampent de proche en proche ; ils se passent au voisin, et leur contact est nuisible. (2) C'est pourquoi, de même que dans une épidémie de peste, il faut se garder de s'asseoir auprès de gens déjà atteints et en proie à la maladie, parce que nous la contracterions et que leur haleine même nous rendrait malades, de même en choisissant nos amis, faisons attention à les prendre d'un caractère aussi peu corrompu que possible. C'est vouloir déclencher la maladie que de mélanger les parties saines avec les malades. Oh ! je ne te prescrirai pas de ne suivre ou de n'attirer vers toi que des sages ; où trouverais-tu celui qu'on cherche depuis tant de siècles ? En guise du meilleur, prends le moins mauvais. (3) Tu aurais à peine la possibilité d'un choix plus heureux, si tu cherchais les gens de bien parmi les Platon, les Xénophon, et toute la lignée des rejetons de Socrate, ou si tu pouvais avoir sous la main le siècle de Caton, qui produisit en majorité des hommes dignes de naître à l'époque de Caton (mais d'autres aussi, pires qu'on n'en vit jamais ailleurs, et responsables des crimes les plus grands ; car il en fallait une foule d'un côté comme de l'autre, pour qu'un Caton se pût concevoir ; il lui fallait des bons capables de l'apprécier, et des méchants sur qui éprouver sa force). Mais aujourd'hui, en une telle pénurie d'honnêtes gens, soyons moins exigeants dans notre choix. (4) Ne manquons pourtant pas d'éviter les gens tristes, qui pleurent sur tout et qui trouvent partout des sujets de plainte ; même si sa fidélité et sa bienveillance ne se démentent pas, un compagnon agité et toujours gémissant n'est pas ce qu'il faut à notre tranquillité.

ATTITUDE À OBSERVER EN FACE DES RICHESSES

VIII. (1) Passons maintenant à ce qui est la plus grande source des misères de l'homme, la richesse. Car, si l'on compare tous les autres sujets de tourment, la mort, la maladie, la crainte, les désirs, l'épreuve de la douleur et de la fatigue, avec ceux qu'occasionne pour nous notre maudit argent, c'est de son côté que penchera, et de beaucoup, la balance. (2) Aussi faut-il remarquer combien la peine de n'en pas avoir est plus légère que celle de le perdre ; et l'on comprendra qu'il y a, pour la pauvreté, d'autant moins de sujets de se tourmenter qu'il y a moins d'occasions d'éprouver du dommage. On se trompe, si l'on croit que les riches supportent les pertes d'argent avec plus de courage : que le corps soit très grand ou très petit, la douleur d'une blessure est la même. (3) Bion [10] dit joliment : « Il n'est pas moins désagréable aux chauves qu'aux chevelus de se faire arracher les cheveux. » Il en est de même, sache-le bien, des pauvres et des riches ; leur tourment est le même ; à l'un comme à l'autre, l'argent adhère si bien qu'on ne peut le leur arracher sans qu'ils le ressentent. Mais, je l'ai dit, il est plus supportable et plus simple de ne pas acquérir que de perdre ; aussi verra-t-on ceux que n'a pas favorisés la fortune plus joyeux que ceux qu'elle a abandonnés. (4) C'est ce qu'a vu Diogène, cette grande âme ; et il fit en sorte que rien ne pût lui être enlevé. Appelle cet état pauvreté, misère, indigence ; donne à cette sécurité le nom flétrissant que tu voudras ; je cesserai d'estimer Diogène heureux, si tu peux me trouver un meilleur exemple de l'homme qui n'a rien à perdre. Ou je me trompe, ou c'est être roi, au milieu de gens avides et fourbes, de voleurs et de brigands, que d'être le seul à qui l'on ne puisse faire du mal. (5) Si l'on doute de la félicité de Diogène, on peut se demander aussi si, dans la condition où ils vivent, les dieux immortels sont heureux : car ils n'ont ni biens-fonds, ni jardins, ni domaines mis en valeur par le travail d'autrui, ni bénéfices exorbitants à la banque. N'as-tu point honte de rester ainsi bouche bée devant l'argent ? Allons ! contemple l'univers : tu y verras des dieux sans avoir, qui donnent tout sans rien posséder. Est-on, d'après toi, pauvre, ou semblable aux dieux immortels, quand on se dépouille de tous ces biens de hasard ? (6) Dis-tu que Démétrius, l'affranchi de Pompée, est plus heureux que son maître parce qu'il n'a pas eu honte d'être plus riche que lui ? Chaque jour on lui faisait rapport du nombre de ses esclaves, comme on le fait d'une armée à son général, lui qui aurait déjà dû s'estimer riche avec deux subalternes et une chambre un peu spacieuse. (7) Diogène, lui, le seul esclave qu'il avait s'enfuit, et, comme on lui indiquait où il était, il ne jugea point qu'il était si important de le faire revenir. « Ce serait du joli, dit-il, si Manès pouvait vivre sans Diogène et si Diogène ne pouvait pas vivre sans Manès ! » Il a voulu dire, je crois : « Occupe-toi, Fortune, de ce qui te regarde ; il n'est rien chez Diogène qui soit de ton ressort. Mon esclave s'est enfui ? Disons plutôt : c'est moi qui me retrouve libre. » (8) Des serviteurs demandent à être vêtus et nourris ; il faut entretenir les ventres de tous ces animaux avides ; il faut acheter des vêtements ; il faut surveiller toutes ces mains voleuses, et utiliser les services de gens qui gémissent et vous maudissent. Combien plus heureux celui qui ne doit rien à personne sinon à lui-même, à qui il est si facile de refuser ! (9) Mais puisque nous n'avons pas une telle énergie, il faut du moins restreindre nos richesses pour être moins exposés aux coups de la Fortune. À la guerre, il vaut mieux avoir une petite taille, car on peut se blottir derrière ses armes ; si on les déborde, on donne prise par sa taille à tous les coups. La meilleure mesure de la richesse, c'est, sans tomber dans la pauvreté, de ne pas s'en éloigner beaucoup.

IX. (1) Or, cette mesure aura pour nous son

charme, à condition que d'abord nous aimions l'économie ; sans elle, les richesses les plus grandes sont toujours insuffisantes, et par elle, il n'en est point dont on ne puisse se contenter, surtout alors que le remède est à notre portée, et que la pauvreté peut se changer en richesse grâce à la frugalité. (2) Habituons-nous à éloigner de nous le luxe ; mesurons les objets à leur utilité, non à leur belle apparence. Que notre nourriture apaise notre faim, et notre boisson, notre soif ; que notre penchant sexuel se satisfasse autant qu'il est nécessaire. Apprenons à marcher avec nos jambes, à régler notre costume et notre train de vie non sur le modèle de notre époque, mais d'après ce que nous conseillent les mœurs de nos ancêtres. Apprenons à aller plus loin dans la tempérance, à refréner notre amour du luxe, à modérer notre orgueil ; à réprimer nos colères ; à considérer la pauvreté d'un regard tranquille, à cultiver la sobriété, dût-il s'en trouver plus d'un pour avoir honte d'employer, pour satisfaire ses désirs naturels, des remèdes à bon marché ; à enchaîner en quelque sorte nos espoirs déréglés et notre âme toujours penchée vers l'avenir ; à attendre nos richesses de nous-mêmes plutôt que de la Fortune. (3) On ne peut jamais se mettre assez à l'abri du hasard, qui a tant de tours et de méchancetés, pour ne pas essuyer mainte bourrasque quand on déploie toute sa voilure. Il faut se resserrer en un espace restreint, pour que les traits de la foudre tombent à vide : aussi bien l'exil ou les revers tournent parfois au remède ; de légers inconvénients peuvent en guérir de plus graves. Lorsqu'une âme fait la sourde oreille aux leçons et ne peut être soignée moins énergiquement, ne serait-ce pas veiller à son salut que de lui proposer la pauvreté, l'opprobre et la ruine ? À un mal on oppose un mal. Habituons-nous donc à nous passer d'assistance à nos repas, à ne nous asservir qu'à un petit nombre d'esclaves, à nous vêtir en n'oubliant pas pourquoi les vêtements sont faits, à avoir une demeure moins spacieuse. Ce n'est pas seulement dans les courses et les combats du cirque, c'est aussi dans la carrière de notre vie qu'il faut prendre les tournants au plus court. (4) Même pour les ouvrages de l'esprit (et il n'y a pas de dépense plus honorable), faire des frais n'est raisonnable qu'autant qu'ils sont modérés. À quoi bon ces livres innombrables, ces bibliothèques, dont le propriétaire dans sa vie entière a à peine lu les titres ? Cette foule de livres alourdit et n'instruit pas ; il vaut mieux te confier à un petit nombre d'auteurs, que d'aller çà et là à travers leur multitude. (5) Quarante mille livres ont été détruits par un incendie à Alexandrie : témoignage magnifique de l'opulence du roi, diront les laudateurs, Tite-Live par exemple, qui y voit le résultat admirable de la somptuosité et de la sollicitude des rois. Ce n'est là ni de la somptuosité ni de la sollicitude, c'est une débauche culturelle. Culturelle ? Non, pas même : ce n'est pas pour la culture, mais pour la montre qu'on avait rassemblé tous ces livres ; de même, pour la plupart des gens, qui n'ont pas même la culture littéraire d'un enfant, les livres ne sont pas des instruments de culture, mais des ornements pour leur salle à manger. Qu'on se procure donc autant de livres qu'il faut, pas un seul pour en faire étalage. (6) « Il est tout de même plus sérieux, diras-tu, de dépenser son argent pour des livres que pour des bronzes de Corinthe ou des peintures. » Partout, l'excès est un défaut. Quelle raison d'être indulgent pour un homme qui accumule les étagères en ivoire ou en bois de thuïa, qui recherche des collections complètes d'auteurs inconnus ou discrédités, et qui bâille au milieu de tous ces milliers de livres qui lui plaisent avant tout par les tranches de leurs étuis [11] et les titres qu'ils portent ? (7) Chez les plus grands paresseux, tu verras ainsi tout ce qui existe en fait d'éloquence et d'histoire, avec des étagères qui s'élèvent jusqu'au plafond. Car aujourd'hui, à côté des salles de bains et des thermes, une bibliothèque bien soignée est devenue l'ornement indispensable d'une maison digne de ce nom. Je pardonnerais certainement à cette mode, si elle venait d'une passion exagérée pour la culture; mais ces œuvres des génies les plus sublimes, regroupées sous les portraits de leurs auteurs, on ne les collectionne que pour en faire étalage et pour en décorer les murs!

ATTITUDE À OBSERVER DANS LES SITUATIONS DIFFICILES

X. (1) Mais, diras-tu, te voilà aux prises avec une situation difficile, et, sans que tu t'en sois douté, la malchance, d'ordre public ou privé, t'étrangle d'un lacet que tu ne peux ni dénouer ni trancher. Pense à ceux qui sont chargés de fers : d'abord ils supportent mal les poids et les entraves de leurs jambes; puis, dès qu'ils cessent de se révolter et qu'ils ont le ferme propos de se résigner, la nécessité leur enseigne à les supporter courageusement : l'habitude facilite les choses. Dans quelque circonstance que ce soit, tu trouveras des divertissements, des moments de relâche, des plaisirs, si tu as décidé de considérer tes malheurs comme légers, et non pas comme insupportables. (2) Le meilleur titre de la nature à notre reconnaissance, c'est que, sachant les souffrances attachées à notre destinée, elle a inventé l'habitude comme adoucissement à nos malheurs ; elle nous rend ainsi rapidement familières les souffrances les plus graves ; on n'y survivrait pas si l'adversité, en se prolongeant, gardait la même violence qu'au premier choc. (3) Nous sommes tous liés à la fortune, les uns par une chaîne d'or toute lâche, les autres par une chaîne étroite et de vil métal. Mais qu'importe ? Une seule et même prison nous contient tous ; même ceux qui nous enchaînent sont eux aussi enchaînés, à moins d'admettre que les chaînes sont moins lourdes quand elles vous prennent la main gauche. L'un est lié par les honneurs, l'autre par ses richesses ; c'est tantôt notre noblesse, tantôt notre humble condition qui nous asservit ; on est parfois soumis à la tyrannie d'un autre et parfois à la sienne propre ; c'est parfois l'exil qui nous impose notre résidence, c'est parfois aussi le sacerdoce. Toute vie est servitude. (4) Il faut donc s'habituer à sa condition et s'en plaindre le moins possible ; il faut se saisir de tout avantage qui peut se présenter à nous. Il n'est rien de si amer à quoi une âme égale ne puisse trouver une consolation. On voit souvent l'art d'un architecte tirer parti, à divers usages, d'une surface exiguë, et une bonne disposition rend habitable le moindre pied carré. Usez de la raison dans les cas difficiles ; ainsi pourront s'adoucir les duretés de la vie, s'aplanir ses passes malaisées, et moins nous accabler nos fardeaux si nous savons les porter.

(5) En outre il ne faut pas porter trop loin nos désirs ; laissons-leur une issue toute proche, puisqu'ils n'admettent pas d'être complètement bloqués. Laissant de côté l'impossible ou ce qui présente trop de difficultés, attachons-nous à ce qui est près de nous, à ce qui taquine nos espoirs ; mais sachons bien que rien n'est important et que si, extérieurement, les choses ont des aspects différents, elles sont toutes, au fond, également vaines. N'envions pas les gens trop haut placés ; nous ne voyons que la hauteur là où il y a des précipices. (6) En revanche, ceux qu'un sort déloyal a placés à une altitude périlleuse seront plus à l'abri s'ils rabaissent leur orgueil dans des situations dont naturellement on s'enorgueillit ; et le meilleur moyen sera pour eux de ramener autant que possible leur fortune à une altitude plus modeste. Certes, il en est beaucoup qui sont forcés de demeurer au faîte, parce qu'ils ne peuvent en descendre qu'en tombant ; mais qu'ils témoignent alors que leur plus grand fardeau est d'être contraints à peser sur les autres, et qu'ils sont non pas élevés mais cloués à ce sommet ; que par leur justice, leur douceur, l'humanité de leurs lois, leur généreuse bienveillance, ils se ménagent des appuis en grand nombre pour le jour heureux où ils tomberont ; avec cet espoir, il y a moins de danger à être sus-

pendu si haut. (7) Rien pourtant ne nous délivrera autant de ce genre d'agitation morale que de fixer toujours une borne à nos visées, et, sans laisser à la fortune le soin d'en décider, de savoir nous arrêter nous-mêmes, comme tant d'exemples nous y invitent, bien en deçà du maximum. Ainsi l'âme sentira encore l'aiguillon de quelques désirs, mais de désirs limités, qui ne nous jetteront pas dans la démesure et dans l'aventure.

LE SAGE EST INDIFFÉRENT AUX CIRCONSTANCES EXTÉRIEURES

XI. (1) Ces propos concernent les hommes imparfaits, les médiocres, les malades, non pas le sage. Celui-ci n'a point à marcher avec crainte et pas à pas. Telle est sa confiance en lui qu'il n'hésite pas à aller au-devant de la Fortune, et qu'il ne lui cédera jamais d'un pas; et il n'a aucune raison de la craindre; car non seulement les esclaves, les biens et les dignités, mais son propre corps, ses yeux, ses mains et tout ce qui peut attacher à la vie, lui-même enfin, tout cela, il le compte au nombre des choses révocables; il vit comme si on lui avait prêté sa propre existence et comme s'il devait rendre ce prêt sans mécontentement dès qu'on le lui redemandera. (2) Mais s'il sait qu'il ne s'appartient pas à lui-même, cela ne le conduit point à faire peu de cas de lui ; il agira en tout avec autant de soin et de scrupule qu'un homme intègre et probe conserve un dépôt. (3) Quand il recevra l'ordre de restituer, il ne se plaindra pas de la Fortune, mais il lui dira : « Je te remercie pour tout ce que j'ai possédé et conservé ; à vrai dire, c'est avec grand profit que j'ai cultivé tes biens ; mais puisque tu le commandes, je te les rends, je te les abandonne d'un cœur reconnaissant et de plein gré. Si tu veux que je garde encore un de tes biens, je le conserverai ; si tu en as décidé autrement, je te rends, je te restitue mon argenterie, mes écus, ma maison, mes esclaves. » La nature qui, la première, nous a ouvert un crédit, peut nous rappeler, et nous lui dirons : « Reçois mon âme, meilleure que tu ne me l'as donnée ; je n'hésite pas ; je ne recule pas ; ce que tu m'as donné sans que j'en aie eu conscience, je le mets à ta disposition de mon plein gré. Prends. » (4) Revenir d'où l'on vient : qu'y a-t-il là de si grave ? Il vivra mal, celui qui ne saura pas mourir. C'est pourquoi il faut d'abord enlever son prix à la vie et compter l'existence parmi les choses sans valeur. Ils sont mal vus, dit Cicéron, les gladiateurs qui désirent à tout prix obtenir la vie sauve ; ils ont notre faveur, s'ils savent montrer qu'ils la méprisent. Sache bien qu'il en est de même pour nous : souvent en effet la cause de la mort, c'est la crainte de mourir. (5) La Fortune s'en fait un jeu : « Pourquoi t'épargnerais-je, dit-elle, créature vile et tremblante ? Tu seras d'autant plus criblé de blessures et de coups que tu ne sais pas tendre la gorge. Mais toi, ta vie sera plus longue et ta mort plus facile, parce que tu acceptes la hache courageusement, sans retirer ton cou ni te garantir de tes mains. » (6) Qui craindra la mort n'agira jamais en homme vivant ; mais celui qui sait que, dès le moment où il a été conçu, il est convenu qu'il mourra, vivra d'après cette convention ; et en même temps il aura cette supériorité, grâce à cette même force d'âme, qu'il n'y aura pas pour lui d'événement imprévu. Lorsqu'on considère d'avance tout ce qui peut arriver comme devant arriver, cela amortit toujours le choc du malheur. Il n'apporte rien de nouveau à ceux qui y sont préparés et qui l'attendent ; il accable seulement les insouciants qui n'ont en tête qu'événements heureux. (7) Voici la maladie, l'emprisonnement, la destruction, l'incendie : rien de tout cela n'arrive à l'improviste. Je savais bien dans quelle chambrée remuante la nature m'avait enfermé. Que de fois j'ai entendu des clameurs dans mon voisinage, que de fois j'ai vu des enfants morts prématurément, dont je voyais passer devant ma porte le cortège funèbre, précédé de torches et de cierges; souvent j'ai entendu le fracas d'une maison s'écroulant de toute sa hauteur; une nuit a enlevé beaucoup de ceux que le forum, la curie ou la conversation avaient réunis avec moi, et a séparé les mains qui s'unissaient en une amicale étreinte. Et j'irais m'étonner que des dangers que j'ai toujours vus rôder autour de moi finissent un jour par m'atteindre! (8) Les hommes quand ils s'embarquent ne songent pas, pour la plupart, à la tempête. Jamais je ne rougirai de citer un méchant auteur quand il a de bonnes idées : Publilius[12], qui l'emporte en vigueur sur les génies tragiques et comiques eux-mêmes chaque fois qu'il renonce aux bouffonneries stupides et aux plaisanteries destinées au poulailler, dit, entre bien d'autres choses qui s'élèvent au-dessus du cothurne tragique, et non pas seulement des tréteaux de la farce : « À l'un quelconque d'entre nous peut arriver ce qui arrive à chacun. » Si l'on s'enfonce cette pensée jusqu'au cœur, si l'on considère tous les maux d'autrui, dont la vie quotidienne nous apporte tant d'exemples, comme ayant libre accès aussi bien chez nous que chez autrui, on sera armé contre eux, bien avant qu'ils ne nous atteignent. Il est trop tard, une fois les dangers sur nous, pour préparer notre âme à les supporter. (9) «Je ne pensais pas que cela arriverait; aurait-on jamais cru que cela dût se produire?» Et pourquoi pas? Quelles sont les richesses qui n'ont pas sur leurs talons la pauvreté, la faim et la mendicité ? Quelle est la fonction publique où la prétexte, le bâton augural, la chaussure du patricien n'ont pas pour compagnons la misère, l'exil, l'opprobre, mille flétrissures et le dernier des mépris ? Quel est le pouvoir absolu pour qui ne se préparent l'écroulement et la dégradation, l'apparition d'un maître et d'un bourreau ? Et de l'un à l'autre état la transition n'est pas longue ; il suffit d'une heure pour passer du trône aux genoux d'un autre. (10) Sache donc bien que nulle condition n'est invariable. Tout mal qui fond sur autrui peut aussi fondre sur toi. Tu es riche ? Mais l'es-tu plus que Pompée ? Lorsque Caligula, son parent à l'ancienne mode, son hôte à la nouvelle, lui eut ouvert la maison de César pour faire fermer la sienne, il manqua de pain et d'eau ; lui qui possédait tant de fleuves qui avaient leur source et leur embouchure dans ses propres domaines, il mendia quelques gouttes d'eau, et il mourut de faim et de soif dans le palais de son parent, tandis que son héritier faisait préparer des funérailles publiques pour celui qu'il affamait. (11) Tu es revêtu des plus hautes dignités ? Sont-elles aussi hautes, aussi inespérées, aussi absolues que celles de Séjan[13] ? Le jour même où le sénat lui avait fait cortège, le peuple coupa son corps en morceaux ; de cet homme à qui les dieux et les hommes avaient apporté tout ce qu'on peut accumuler de faveur, il ne resta rien à emporter pour le bourreau. (12) Tu es roi ? Je ne te rappellerai pas Crésus qui fut contraint de gravir son propre bûcher et le vit s'éteindre, survivant ainsi non seulement à son royaume, mais encore à sa propre mort ; ni Jugurtha, que le peuple romain se donna en spectacle l'année même où il avait tremblé devant lui. Nous avons vu, dans les prisons de Caligula, Ptolémée, roi d'Afrique, et Mithridate, roi d'Arménie ; l'un fut envoyé en exil ; l'autre eût pu souhaiter qu'on l'y envoyât moins traîtreusement. Avec de tels revirements, avec ces montées et ces descentes, si tu ne considères pas comme devant arriver tout ce qui est possible, tu prêtes contre toi des forces à l'adversité ; on l'affaiblit au contraire quand on l'a vue venir à l'avance.

IL FAUT SE GARDER DE L'AGITATION STÉRILE

XII. (1) La recommandation qui vient tout de suite après celles-ci, c'est de ne pas travailler à des choses inutiles ni d'une façon inutile ; c'est-à-dire de ne pas désirer ce que nous ne pouvons pas atteindre, ou, si on arrive à bout, de ne pas comprendre trop tard, à notre grande honte, la vanité de nos désirs. En un mot, pas d'effort stérile et sans résultat, pas de résultat qui ne mérite pas nos efforts. Le chagrin vient en effet presque toujours de ne pas réussir ou d'avoir honte de sa réussite. (2) Il faut réduire nos allées et venues, et non, comme la plupart des gens, errer à travers les maisons, les théâtres et les places. Ils se mêlent des affaires des autres, et ils ont toujours l'air de faire quelque chose. Demande à l'un d'entre eux, au moment où il sort de chez lui : « Où vas-tu ? Quels sont tes projets ? » Il te répondra : « Je n'en sais rien, ma foi ! mais je verrai des gens, je ferai quelque chose. » (3) Ils errent sans dessein, cherchant à s'occuper. Ils n'agissent pas suivant un plan mais au hasard des rencontres : course irréfléchie et vaine, comme celle des fourmis qui courent le long d'un arbuste, se portant tantôt tout en haut, puis tout en bas, et toujours pour rien. Telle est la vie que mènent la plupart des gens ; on pourrait l'appeler une paresse sans repos. (4) Il en est qui paraissent courir à un incendie et qui font pitié ; ils bousculent ceux qui sont sur leur passage ; ils courent tête baissée, se heurtant et heurtant tout le monde ; quand ils ont bien couru, ce sera pour saluer quelqu'un qui ne leur rendra pas leur salut, pour suivre le cortège funèbre d'un homme qu'ils ne connaissent pas, pour assister au procès d'un habitué des tribunaux, ou aux fiançailles d'une habituée du mariage, ou pour faire cortège à une litière que de temps en temps ils portent eux-mêmes. Puis, rentrés chez eux après s'être inutilement fatigués, ils jurent qu'ils ignorent eux-mêmes pourquoi ils sont sortis et où ils sont allés, alors que le lendemain, ils reprendront le chemin de leurs courses vagabondes. (5) Aussi, que tout effort se rapporte toujours à une fin, qu'il vise toujours un but. Ce n'est pas une activité véritable qui met en mouvement ces agités, c'est, comme chez les fous, une imagination chimérique ; car les fous eux-mêmes ne se remuent jamais sans quelque espérance ; ils sont séduits par certaines apparences, dont leur esprit, captivé, ne leur dévoile pas la vanité. (6) C'est de la même façon que ceux qui ne sortent que pour grossir la foule sont conduits aux quatre coins de la ville par les motifs les plus vains et les plus futiles ; bien que chacun d'eux n'ait rien à faire de sérieux, le lever du jour le chasse de chez lui ; et lorsqu'il s'est cassé le nez à plus d'une porte, et a adressé ses saluts à des nomenclateurs qui souvent le chassent, il n'est encore personne qu'il n'ait plus de mal à trouver chez lui que lui-même. (7) De cette maladie provient un vice affreux : celui d'écouter tout ce qui se raconte, de s'enquérir indiscrètement des petites nouvelles, tant intimes que publiques, et d'être toujours plein d'histoires qu'on ne raconte pas plus impunément qu'on ne les écoute.

XIII. (1) C'est cela, je pense, à quoi s'est attaché Démocrite au début de son livre : « Si l'on veut avoir une vie tranquille, écrit-il, qu'on n'agisse pas trop, ni dans le privé ni dans la vie publique. » Il songe certainement aux actes superflus ; car pour ce qui est des actes nécessaires, dans la vie privée comme dans la vie publique, il y a beaucoup à faire, et même infiniment à faire ; mais tant qu'un devoir impératif ne nous appelle pas, il faut savoir nous abstenir d'agir. (2) Car qui agit beaucoup, donne plus d'une fois pouvoir sur lui à la Fortune ; combien il est plus sûr de ne pas la tenter trop souvent, mais de songer toujours à elle, sans rien se promettre de sa fidélité ! « Je prendrai la mer, si rien ne s'y oppose ; je deviendrai préteur, s'il n'y a pas d'obstacle ; cette affaire réussira, à moins de quelque empêchement. » (3) Voilà pourquoi nous disons que rien n'arrive au sage contre son attente : nous l'affranchissons, non pas des hasards humains, mais des erreurs humaines. Tout lui échoit non comme il l'a voulu mais comme il l'a prévu. Or avant tout il a prévu qu'il pouvait y avoir des obstacles à ses desseins. C'est du reste une loi, que la douleur d'un désir frustré atteint moins profondément l'âme quand on ne s'est pas promis un succès assuré.

IL FAUT SAVOIR ACCEPTER LE SORT QUI NOUS EST FAIT

XIV. (1) Nous devons aussi être assez souples, pour n'avoir pas trop égard à nos résolutions. Laissons-nous aller où le hasard nous conduit ; ne craignons pas de changer nos projets ou notre attitude, pourvu que nous n'allions pas jusqu'à l'inconstance, le défaut le plus dangereux qui soit pour notre repos ; car si l'entêtement s'accompagne nécessairement d'inquiétude et de souci, puisque la Fortune lui arrache sans cesse quelque chose, l'inconstance, qui ne se tient à rien, est bien plus pénible encore. L'impossibilité de changer comme celle de rien supporter sont l'une et l'autre les ennemis de notre tranquillité. (2) En somme il faut que l'âme, s'arrachant à toutes les choses extérieures, se replie sur elle-même ; qu'elle n'ait confiance qu'en elle-même ; qu'elle ait ses joies propres ; qu'elle ait pour elle seule de la considération ; qu'elle s'éloigne, autant que possible, de ce qui lui est étranger ; qu'elle ne s'attache qu'à elle-même ; que les dommages matériels la laissent indifférente ; qu'elle interprète en un sens favorable l'adversité même. (3) Quand on lui annonça le naufrage où tous ses biens avaient sombré, notre grand Zénon dit : « La Fortune m'invite à philosopher plus à mon aise. » Un tyran menaçait de mort le philosophe Théodore[14], et de mort sans sépulture : « Voilà, dit-il, un moyen de t'offrir un plaisir ; tu as un demi-setier de sang en ton pouvoir ; quant à la sépulture, quel sot tu fais, si tu crois qu'il ne m'est pas indifférent de pourrir sur terre, ou dessous. » (4) Canus Julius, homme remarquable entre tous (même le fait qu'il soit né dans notre siècle n'est pas un obstacle à notre admiration pour lui), avait eu une longue dispute avec Caligula ; et comme il s'en allait, le nouveau Phalaris[15] lui dit : « Ne te flatte pas d'un vain espoir : j'ai donné l'ordre de te conduire au supplice. » « Merci, répondit-il, ô le meilleur des princes ! » (5) Je me demande ce qu'il a voulu dire ; et plusieurs sens se présentent à moi. A-t-il voulu l'insulter et lui montrer l'étendue d'une tyrannie qui faisait de la mort un bienfait ? Lui reprochait-il ses extravagances continuelles ? Il se faisait en effet remercier par ceux dont il tuait les enfants ou dont il confisquait les biens. Ou a-t-il accepté volontiers la mort, comme une libération ? Quoi qu'il en soit, sa réponse fut d'une grande âme. (6) Après cela, dira-t-on, Caligula aurait pu ordonner qu'on le laissât en vie. Canus ne craignait pas pareille chose ; on connaissait la fidélité de Caligula à ses propres ordres, quand ils étaient de ce genre. Croirais-tu que Canus passa sans aucune inquiétude les dix jours qui précédèrent son supplice ? Ce qu'il dit, ce qu'il fit, quelle fut sa tranquillité, tout cela dépasse la vraisemblance. (7) Il jouait aux échecs lorsque le centurion qui menait la troupe des condamnés à mort, lui donna aussi l'ordre de se lever. Son nom appelé, il compta ses pièces et il dit à son partenaire : « Gare à toi, si tu vas raconter après ma mort que tu as gagné » ; et faisant signe au centurion : « Tu seras témoin, lui dit-il, que je suis en avance d'une pièce. » Crois-tu que Canus s'exerçait à jouer sur cet échiquier ? Il se jouait de son tyran. (8) Ses amis étaient au désespoir de perdre un tel homme. « Quoi ! dit-il, vous vous affligez ? Vous vous demandez, vous, si les âmes sont immortelles ; moi, je vais tout de suite le savoir. » Et il ne cessa pas, jusqu'au dernier moment, de chercher la vérité et de faire, de sa propre mort, un thème de méditation. (9) Son philosophe l'accompagnait ; et l'on n'était plus loin du tombeau, où, chaque jour, l'on sacrifiait à César, notre dieu. « À quoi penses-tu maintenant, Canus ? lui demanda le philosophe. Quelles sont tes dispositions d'esprit ? » « J'ai dessein d'observer, répondit Canus, si, dans ce moment si court, l'âme a le sentiment qu'elle s'en va. » Et il promit que, s'il faisait quelque découverte, il rendrait visite à ses amis pour leur indiquer quelle était la condition des âmes. (10) Voilà ce qui s'appelle le calme au milieu de la tempête ! Voilà une âme digne de l'éternité, qui appelle sa propre destinée à prouver la vérité, qui, à ses derniers moments, interroge son âme qui s'en va, qui non seulement apprend jusqu'à sa mort, mais tire une leçon de sa mort elle-même. Nul n'a philosophé plus avant. Il ne faut pas abandonner trop vite ce grand homme, dont on ne peut parler qu'avec déférence. Nous livrerons ta mémoire à la postérité, illustre héros, qui à toi seul occupes tant de place dans les crimes de Caligula !

IL NE FAUT POINT S'ATTARDER AUX PENSÉES DÉPRIMANTES

XV. (1) Mais il ne sert à rien d'avoir banni les motifs de tristesse personnelle. Parfois en effet nous assaille la haine du genre humain, quand se présente à l'esprit combien il y a de crimes heureux. Quand on pense combien est rare la droiture, inconnue la probité ; quand on songe à l'absence presque complète de la loyauté, sinon quand elle est utile ; aux profits et pertes, également odieux, de la débauche ; à l'ambition qui, sortant de ses propres limites, va jusqu'à trouver de l'éclat dans l'infamie, l'âme alors se laisse engloutir dans la nuit ; et dans cette espèce de crépuscule des vertus, où sombrent l'espoir de les rencontrer et le fruit de leur exercice, les ténèbres recouvrent tout. (2) Sur ce point il faut renverser notre manière de voir ; il faut que ces vices de la foule nous paraissent non pas odieux, mais risibles ; prenons pour modèle Démocrite plutôt qu'Héraclite. Celui-ci pleurait chaque fois qu'il paraissait en public ; celui-là riait ; l'un ne voyait que malheurs dans tout ce que nous faisons, l'autre n'y voyait que sottises. Il faut toujours prendre les choses à la légère, et les supporter avec bonne humeur ; il est plus humain de rire de la vie que d'en pleurer. (3) Ajoute que l'on rend plus de service au genre humain en se moquant de lui qu'en se lamentant : on laisse un peu de place à l'espoir du meilleur, au lieu de pleurer sottement de ce que l'on désespère de corriger. Après avoir contemplé toutes choses, il y a plus de grandeur d'âme à ne pas retenir son rire qu'à ne pas retenir ses larmes ; on ne ressent alors qu'une émotion superficielle, et l'on ne pense pas que rien d'important, rien de sérieux, rien de triste non plus puisse résulter de tout l'appareil de la vie humaine. (4) Que chacun se représente une à une les choses qui le rendent gai ou triste, et qu'il apprenne ainsi la vérité de ce mot de Bion : « Toutes les affaires des hommes ressemblent au point d'où ils partent, et leur vie n'a rien de plus respectable ni de plus sérieux que leur conception : nés du néant, ils retombent dans le néant. » (5) Mais il vaut mieux accepter paisiblement les mœurs communes et les défauts des hommes, et ne se laisser aller ni au rire ni aux pleurs. Car c'est une torture sans fin que de se tourmenter des maux d'autrui ; et c'est un plaisir inhumain que de s'y complaire. (6) De même, c'est manifester une inutile compassion que de pleurer et de prendre un air triste parce que quelqu'un enterre son fils. Dans tes malheurs personnels aussi, il faut faire en sorte de donner à ta douleur autant qu'exige la nature, et non pas la coutume. La plupart des gens versent des larmes pour la montre ; et ils gardent les yeux secs dès qu'il n'y a personne pour les regarder ; ils jugent qu'il est indécent de ne pas pleurer, puisque tous le font. Ce mal, qui nous fait dépendre de l'opinion des autres, s'est ancré si profondément qu'on en vient à simuler jusqu'à la plus immédiate des émotions, la douleur.

XVI. (1) Vient ensuite une espèce d'événements qui, non sans raison, nous attristent et nous plongent dans l'inquiétude : ce sont les cas où l'on voit les gens de bien finir mal ; par exemple, Socrate contraint de mourir dans une prison, Rutilius de vivre en exil, Pompée et Cicéron de tendre le cou à leurs propres clients, et ce fameux Caton, vivant modèle des vertus, réduit à se jeter sur son épée, montrant par là à la fois qui il était et ce qu'était la république. On est nécessairement tourmenté en voyant la Fortune acquitter si injustement ses dettes ; qu'espérer pour soi-même, quand on voit les meilleurs subir les pires des maux ? (2) Mais quoi ! considère comment chacun de ces grands hommes a supporté son sort. S'ils ont été courageux, regrette-les dans l'esprit qui a été le leur ; s'ils ont péri lâchement, comme des femmes, leur perte n'en est pas une. Ou bien ils sont dignes que tu applaudisses à leur vertu, ou bien leur lâcheté les rend indignes de regret. Ce serait du propre, en vérité, si la mort héroïque de ces grands hommes faisait de nous des lâches ! (3) Louons sans nous lasser ceux qui méritent des éloges ; disons : « Quel courage ! Et quelle félicité ! Tu as échappé à tous les malheurs, à l'envie, à la maladie ; tu es sorti de prison ; tu as semblé aux dieux mériter non que la Fortune te soit hostile, mais bien qu'elle n'ait plus de pouvoir sur toi. » Quant à ceux qui se dérobent, ceux qui, jusqu'aux portes de la mort, se retournent vers la vie, ils ont besoin qu'on les pousse et qu'on leur fasse violence. (4) Je ne veux pleurer ni l'homme qui meurt content, ni celui qui pleure : le premier a lui-même fait sécher mes larmes ; le second, par ses propres larmes, s'est rendu indigne des miennes. Vais-je pleurer Hercule parce qu'il est brûlé vif, ou Régulus parce qu'il est percé de mille clous, ou Caton parce qu'il a supporté vaillamment ses blessures ? Tous, ils ont découvert, au prix d'un peu de leur temps, comment devenir éternels ; par la mort ils ont atteint l'immortalité.

IL NE FAUT POINT MASQUER SON VRAI VISAGE

XVII. (1) Ce n'est pas non plus un médiocre sujet de souci, que de composer anxieusement son attitude et de ne jamais laisser voir son véritable visage : telle est la vie de bien des gens, vie feinte et arrangée pour la montre. Cette manière de s'observer continuellement ne nous laisse pas en repos ; on craint d'être surpris agissant autrement que de coutume ; et nous ne sommes jamais affranchis de ce souci, tant que nous pensons qu'on nous juge chaque fois qu'on nous regarde. Car il y a bien des circonstances qui, malgré nous, nous trahissent ; et en admettant qu'un tel soin à nous observer réussisse, une vie que l'on passe toujours masqué n'est ni agréable ni sûre. (2) En comparaison, quel charme a la sincérité toute simple, sans autre parure qu'elle-même, qui ne cache pas notre caractère ! Il est vrai qu'on est en danger d'être méprisé, quand on vit toujours à découvert devant tous. Il est en effet des gens qui se dégoûtent de ce qu'ils approchent de trop près. Mais, pour la vertu, il n'y a pas de danger de s'avilir en s'offrant à tous les regards ; de plus, il vaut mieux être méprisé pour sa naïveté que de s'infliger le fardeau d'une simulation perpétuelle. Mettons-y pourtant quelque mesure : il y a bien de la différence entre la franchise et le laisser-aller.

IL FAUT ALTERNER « TEMPS FORTS » ET « TEMPS FAIBLES »

(3) Il faut souvent aussi se recueillir ; la fréquentation de personnes très différentes de nous détruit notre calme, elle réveille nos passions, elle exaspère tout ce qu'il y a dans notre âme de faible et de mal guéri encore. Solitude et société doivent se composer et se succéder. La solitude nous donnera le désir de fréquenter les hommes, la société, celui de nous fréquenter nous-mêmes, et chacune sera l'antidote de l'autre, la solitude nous guérissant de l'horreur de la foule, et la foule, de l'ennui de la solitude. (4) Il ne faut pas non plus maintenir l'esprit

dans une tension continuelle ; il faut qu'il condescende à se divertir ; Socrate ne rougissait pas de jouer avec de petits enfants ; avec un peu de vin, Caton donnait du relâche à son esprit fatigué des soucis du pouvoir ; et Scipion faisait mouvoir en cadence ce corps fait pour le triomphe et la guerre, et non pas avec ces déhanchements alanguis qui sont aujourd'hui à la mode chez ceux qui, dans leur démarche même, dépassent en nonchalance la mollesse des femmes, mais selon la coutume de nos grands anciens, qui, aux jours de réjouissances et de fêtes, dansaient d'une manière virile, et qui n'auraient rien eu à perdre à se laisser voir même de leurs ennemis. (5) Il faut accorder du relâche à l'esprit ; une fois reposé, il se retrouvera meilleur et plus vif. Il ne faut pas trop exiger des terrains fertiles ; on les épuisera vite en voulant qu'ils produisent sans interruption ; de même un travail sans arrêt brise l'élan de l'esprit ; il reprendra des forces en se détendant et en se reposant. D'un travail continuel naît une sorte d'émoussement et d'épuisement de la pensée. (6) Il n'existerait pas chez l'homme une si puissante tendance au jeu et au divertissement, s'ils ne comportaient pas quelque plaisir naturel ; mais leur abus enlèverait à l'esprit tout relief et toute vigueur. Le sommeil, lui aussi, est nécessaire à la réparation de nos forces ; pourtant s'il n'avait de cesse ni jour ni nuit, ce serait la mort.

Il y a une grande différence entre le relâche et le relâchement. (7) Les législateurs ont institué des jours de fête afin que les hommes se rassemblent en commun pour s'amuser ; c'était dans leur esprit un dosage indispensable qu'il fallait combiner avec le travail. De grands hommes, je l'ai dit, s'accordaient chaque mois un congé à des jours déterminés ; d'autres partageaient chaque journée entre le loisir et le travail : je me souviens, par exemple, du grand orateur Asinius Pollion : la dixième heure passée, nulle affaire ne le retenait plus ; après cette heure, il ne lisait même plus son courrier, de peur d'en voir naître quelque nouveau souci ; pendant deux heures, il se reposait alors des fatigues de toute la journée. Certains s'interrompent au milieu du jour ; ils laissent pour les heures de l'après-midi les travaux les plus faciles. Nos ancêtres, eux aussi, défendaient qu'une nouvelle question fût mise à l'ordre du jour au sénat après la dixième heure. Les soldats se partagent les heures de garde, et ceux qui reviennent d'expédition en sont exempts pour la nuit. (8) Il faut avoir pour son esprit quelque prévenance et lui accorder de temps en temps un repos qui lui tient lieu d'aliment et de force. Il faut aussi faire des promenades à la campagne pour que l'âme se retrempe et s'élève dans l'espace libre et au grand air. Parfois une promenade en voiture, un voyage, un changement d'atmosphère lui rendront vigueur, ainsi qu'un banquet ou un peu plus d'abondance que de coutume dans la boisson ; on peut même aller quelquefois jusqu'à l'ivresse, non pour s'y noyer, mais pour s'y plonger ; elle dissipe en effet nos soucis, et elle ébranle l'âme jusqu'au fond ; comme elle est un remède à certaines maladies, elle l'est aussi à la tristesse ; et Liber[16], l'inventeur du vin, s'appelle ainsi non parce qu'il délie les langues, mais parce qu'il libère l'âme des soucis dont elle est esclave, la délivre, la ravive et lui donne plus d'audace pour de nouveaux efforts. (9) Mais dans le vin, comme dans la liberté, il y a une mesure raisonnable. L'on affirme que Solon et Arcésilas avaient un penchant pour le vin ; on fait à Caton un reproche de s'être enivré ; mais on aura moins de mal à faire de ce vice une vertu qu'à faire de Caton un être méprisable. Il n'en faut cependant pas abuser, pour que l'âme n'en prenne pas la mauvaise habitude ; et pourtant il faut parfois l'entraîner hors d'elle-même pour la rendre joyeuse et libre, et il faut savoir s'écarter pour quelques moments d'une sobriété morose. (10) Si nous en croyons le poète grec, il est parfois agréable de faire le fou ; d'après Platon, quand on a son bon sens, il est inutile de frapper aux portes de la poésie ; et selon Aristote il n'y a pas de grand génie sans une dose de folie. (11) Il faut un transport de l'esprit pour proférer des mots sublimes, qui dépassent la portée des autres hommes ; méprisant les sentiments vulgaires et ordinaires, s'élevant toujours plus haut par une inspiration divine, on peut seulement alors faire résonner des chants trop sublimes pour la bouche d'un mortel ; on ne peut rien atteindre d'élevé et de difficile, tant que l'on est dans son bon sens. L'âme doit quitter le train accoutumé, sortir d'elle-même, prendre le mors aux dents et entraîner son cavalier pour le mener là où, de lui-même, il aurait craint de monter.

CONCLUSION

(12) Voilà, mon très cher Sérénus, les moyens de protéger ta tranquillité, de te la rendre quand tu la perds, de résister à l'envahissement sournois des vices. Sache cependant que, pour préserver quelque chose d'aussi fragile, aucun de ces moyens n'est assez puissant, si nous n'entourons de soins toujours attentifs et vigilants une âme toujours prête à trébucher.

NOTES

DE LA CONSTANCE DU SAGE

1. Annéus Sérénus était pour Sénèque un ami extrêmement cher.

2. Marcus Portius Caton, arrière-petit-fils de Caton le Censeur, connu dans l'histoire sous le nom de Caton d'Utique, fut dans les derniers temps de la République romaine le représentant par excellence de la vieille aristocratie sénatoriale ; sa sévérité était grande, comme celle de son ancêtre ; mais à la différence de celui-ci, Caton d'Utique fréquentait les philosophes grecs et était stoïcien ; la nuit qui précéda sa mort, il relut le *Phédon.* L'exemple de Caton est constamment cité par Sénèque.

3. Publius Vatinius dont il sera question à diverses reprises dans ce traité était célèbre par sa laideur ; vivement contesté au point de vue moral, il fut tribun du peuple, préteur et joua un rôle politique important au service de Jules César ; il apparaît comme l'antithèse du sage que Caton représente.

4. Publius Clodius, ancien patricien devenu tribun de la plèbe, était ce redoutable démagogue dont les bandes répandaient la terreur et dont le meurtre par les hommes de Milon en 52 av. J.-C. fut l'occasion du célèbre plaidoyer de Cicéron.

5. Il s'agit d'une fantaisie de Xerxès, roi des Perses.

6. Démétrius Poliorcète, fils du roi Antigone qui fut l'un des lieutenants d'Alexandre le Grand, avait frappé l'imagination des Grecs et des Latins par sa vie aventureuse et par son habileté à assiéger les villes, d'où son surnom ; il fut considéré un moment comme le libérateur de la Grèce, et il mourut en Asie en 282, prisonnier de son gendre le roi Séleucos.

7. Stilpon, disciple d'Euclide de Mégare, appartenait au groupe des « petits socratiques » ; il est célèbre dans l'histoire de la philosophie par sa thèse sur l'impossibilité d'affirmer un concept d'un autre, thèse qui aboutit à la négation pratique du jugement.

8. Numance et Carthage avaient été conquises par Scipion Emilien, mais la citadelle du Capitole, au moment où Sénèque écrivait, n'avait jamais été prise, même à l'époque de l'invasion gauloise ; cette citadelle devait paraître à un Romain justement inexpugnable.

9. La toge étant le vêtement des citoyens.

10. Les lits sur lesquels on s'étendait pour manger dans les grands repas étaient au nombre de trois formant ainsi les trois côtés d'un carré, le lit le plus honorable était celui du milieu *(medius)*, venait ensuite le lit du haut *(summus)*, le lit du bas *(imus)* était le moins considéré.

11. La robe prétexte (c'est-à-dire bordée de pourpre) n'était pas seulement le vêtement des enfants libres des deux sexes jusqu'à dix-sept ans ; elle était aussi la robe que portaient certains magistrats, et ce sont eux que les enfants prennent plaisir à imiter.

12. Le roi des Mèdes est le Grand Roi de l'époque classique (Darius, Xerxès, etc.) dont les ressources paraissaient inépuisables ; les Attale, souverains de Pergame, avaient hérité de l'opulence du royaume perse, leur richesse était devenue proverbiale.

13. Le nomenclateur était la personne chargée de dresser la liste des visiteurs et de les annoncer au maître de maison.

14. Il s'agit de Chrysippe, le célèbre stoïcien du IIIe siècle, second fondateur de l'école.

15. Corbulon était un général de l'époque de Claude et

de Néron ; il fit plusieurs campagnes heureuses, contre les Parthes notamment, mais dut se tuer en 67 par ordre de Néron. Fidus Cornelius n'est connu que par ce passage qui nous apprend qu'il était gendre d'Ovide.

16. Gaius César, connu dans l'histoire sous le nom de Caligula, succéda à l'empereur Tibère en 37 ; son règne qui débuta heureusement fut vite marqué par des extravagances et des cruautés.

17. Valérius l'Asiatique fit partie des provinciaux qui commencèrent à accéder aux dignités publiques ; il fut consul et mourut en 47 à l'instigation de Messaline, femme de l'empereur Claude.

18. Chéréas, tribun du peuple, fut l'âme de la conspiration contre Caligula ; il rêvait d'une restauration républicaine et avait donné à l'attentat une signification politique ; aussi, après avoir été proclamé par le sénat comme ayant mérité de la patrie, il fut mis à mort par ordre de Claude, le nouvel empereur.

19. Fils de Germanicus, Caligula avait d'abord vécu dans les camps ; le surnom de Caligula vient de *caliga*, petite chaussure militaire de l'époque impériale ; *caliga* peut même désigner la profession militaire ; le cothurne est la chaussure élevée, garnie de semelles épaisses, portée par les acteurs tragiques.

20. Antisthène, disciple de Socrate et fondateur de l'école cynique, était l'aîné de Platon et d'Aristote. La mère des dieux, dont il est question ici, est Cybèle, originaire de Phrygie.

DE LA TRANQUILLITÉ DE L'ÂME

1. Pour entretenir leurs vêtements, les Romains se servaient de presses à manivelles appelées *prela*, que Sénèque assimile plaisamment à des instruments de torture : c'était l'équivalent de notre repassage.

2. Athénodore : on peut hésiter, pour identifier ce philosophe, entre deux stoïciens dont l'un, disciple de Posi-

donius, fut le maître et l'ami d'Auguste, et l'autre fut l'ami de Caton. La première hypothèse est généralement acceptée.

3. La tribune aux harangues était décorée avec les éperons *(rostra)* des navires pris à l'ennemi.

4. Titres de magistrats suprêmes.

5. Ceux qui forment la troisième ligne de bataille.

6. La curie est le nom du sénat romain.

7. Harmodius et Aristogiton, célèbre paire d'amis qui assassinèrent le tyran Hipparque (514).

8. Curius Dentatus, vainqueur de Pyrrhus, modèle de vertu « romaine ».

9. Historien, disciple d'Isocrate, dont les œuvres sont perdues.

10. Bion de Boristhène, philosophe cynique du IIIe siècle, célèbre par son esprit mordant.

11. Les livres romains avaient la forme d'un rouleau *(volumen)*; ils étaient enfermés dans des étuis.

12. Publilius Syrus, auteur de mimes.

13. Célèbre favori de Tibère.

14. Théodore de Cyrène, philosophe et mathématicien, ami de Socrate, mis en scène dans le *Théétète* de Platon.

15. Tyran d'Agrigente, célèbre par sa cruauté.

16. Liber est une vieille divinité latine qui se confondit avec Bacchus.

DÉCOUVREZ LES FOLIO À 2 €

R. AKUTAGAWA — *Rashômon* et autres contes (Folio n° 3931)

Violents, étincelants, souvent terrifiants, ces brefs récits plongent le lecteur dans les ténèbres d'un Japon de légende, peuplé de sorcières, de brigands et de personnages aussi surprenants qu'inquiétants.

M. AMIS — *L'état de l'Angleterre*, précédé de *Nouvelle carrière* (Folio n° 3865)

Entre vision iconoclaste du milieu de l'édition et errements sexuels et sentimentaux de personnages pathétiques, Martin Amis dresse avec un comique décapant un portrait du monde anglo-saxon.

G. APOLLINAIRE — *Les Exploits d'un jeune don Juan* (Folio n° 3757)

Un roman d'initiation amoureuse et sexuelle, à la fois drôle et provocant, par l'un des plus grands poètes du XXe siècle.

ARAGON — *Le collaborateur* et autres nouvelles (Folio n° 3618)

Mêlant rage et allégresse, gravité et anecdotes légères, Aragon riposte à l'Occupation et participe au combat avec sa plume. Trahison et courage, deux thèmes toujours d'actualité...

T. BENACQUISTA — *La boîte noire* et autres nouvelles (Folio n° 3619)

Autant de personnages bien ordinaires, confrontés à des situations extraordinaires, et qui, de petites lâchetés en mensonges minables, se retrouvent fatalement dans une position aussi intenable que réjouissante...

K. BLIXEN — *L'éternelle histoire* (Folio n° 3692)

Un vieux bonhomme aigri et très riche se souvient de l'histoire d'un marin qui reçoit cinq guinées en échange d'une nuit d'amour avec une jeune et belle dame. Mais parfois la réalité peut dépasser la fiction...

L. BROWN — *92 jours* (Folio n° 3866)

Entre désespoir et solitude, dans une Amérique rurale, le portrait lumineux et dur d'un homme qui croit en son talent.

S. BRUSSOLO — *Trajets et itinéraires de l'oubli* (Folio n° 3786)

Aux confins de la folie, une longue nouvelle vertigineuse par l'un des maîtres de la science-fiction française.

J. M. CAIN *Faux en écritures* (Folio n° 3787)

Un texte noir où passion rime avec manipulation par l'auteur du *Facteur sonne toujours deux fois.*

A. CAMUS *Jonas ou l'artiste au travail,* suivi de *La pierre qui pousse* (Folio n° 3788)

Deux magnifiques nouvelles à la fin mystérieuse et ambiguë par l'auteur de *L'Étranger.*

T. CAPOTE *Cercueils sur mesure* (Folio n° 3621)

Dans la lignée de son chef-d'œuvre *De sang-froid,* l'enfant terrible de la littérature américaine fait preuve dans ce court roman d'une parfaite maîtrise du récit, d'un art d'écrire incomparable.

R. CHANDLER *Un mordu* (Folio n° 3926)

Une enquête rythmée et surprenante par l'un des maîtres du roman noir américain.

COLLECTIF *Des mots à la bouche.* Festins littéraires (Folio n° 3927)

Une promenade gastronomique et littéraire aussi surprenante qu'alléchante.

COLLECTIF *Il pleut des étoiles* (Folio n° 3864)

Berceau du 7e art, Hollywood a créé des êtres à part : les *Stars.* Acteurs ou réalisateurs, leur talent, leur beauté, leurs amours et leurs caprices, leur destin souvent tragique ont bouleversé et fasciné des millions de spectateurs.

COLLECTIF *« Leurs yeux se rencontrèrent »* (Folio n° 3785)

Drôle, violente, passionnée, surprenante, la première rencontre donne naissance aux plus belles histoires d'amour de la littérature mondiale.

COLLECTIF *« Ma chère Maman... »* (Folio n° 3701)

Ces lettres témoignent de ces histoires passionnées de quelques-uns des plus grands écrivains avec la femme qui leur a donné la vie.

J. CONRAD — *Jeunesse* (Folio nº 3743)

Un grand livre de mer et d'aventures.

J. CORTÁZAR — *L'homme à l'affût* (Folio nº 3693)

Un texte bouleversant en hommage à un des plus grands musiciens de jazz, Charlie Parker.

D. DAENINCKX — *Leurre de vérité* et autres nouvelles (Folio nº 3632)

Daeninckx zappe de chaîne en chaîne avec férocité et humour pour décrire les usages et les abus d'une télévision qui n'est que le reflet de notre société...

R. DAHL — *L'invité* (Folio nº 3694)

Un texte plein de fantaisie et d'humour noir par un maître de l'insolite.

M. DÉON — *Une affiche bleue et blanche* et autres nouvelles (Folio nº 3754)

Avec pudeur, tendresse et nostalgie, Michel Déon observe et raconte les hommes et les femmes, le désir et la passion qui les lient... ou les séparent.

S. ENDÔ — *Le dernier souper* et autres nouvelles (Folio nº 3867)

Au cœur d'un Japon tourné vers l'avenir, Shûsaku Endô essaie de réconcilier traditions ancestrales et enseignement catholique, péché et obsession du rachat, souffrance et courage.

W. FAULKNER — *Une rose pour Emily* et autres nouvelles (Folio nº 3758)

Un voyage hallucinant au bout de la folie et des passions les plus dangereuses par l'auteur du *Bruit et la fureur.*

F. SCOTT FITZGERALD — *La Sorcière rousse,* précédé de *La coupe de cristal taillé* (Folio nº 3622)

Deux nouvelles tendres et désenchantées dans l'Amérique des Années folles.

C. FUENTES — *Apollon et les putains* (Folio nº 3928)

Une nouvelle baroque, flamboyante et sensuelle, une satire de la littérature pornographique par l'un des plus talentueux écrivains latino-américains.

R. GARY — *Une page d'histoire* et autres nouvelles (Folio n° 3759)

Quelques nouvelles poétiques, souvent cruelles et désabusées, d'un grand magicien du rêve.

J. GIONO — *Arcadie... Arcadie...*, précédé de *La pierre* (Folio n° 3623)

Avec lyrisme et poésie, Giono offre une longue promenade à la rencontre de son pays et de ses hommes simples.

W. GOMBROWICZ — *Le festin chez la comtesse Fritouille* et autres nouvelles (Folio n° 3789)

Avec un humour décapant, Gombrowicz nous fait pénétrer dans un monde où la fable grimaçante côtoie le grotesque et où la réalité frôle sans cesse l'absurde.

H. GUIBERT — *La chair fraîche* et autres textes (Folio n° 3755)

De son écriture précise comme un scalpel, Hervé Guibert nous offre de petits récits savoureux et des portaits hauts en couleur.

E. HEMINGWAY — *L'étrange contrée* (Folio n° 3790)

Réflexion sur l'écriture et l'amour, ce court roman rassemble toutes les obsessions d'un des géants de la littérature américaine.

E.T.A. HOFFMANN — *Le Vase d'or* (Folio n° 3791)

À la fois conte fantastique, quête initiatique et roman d'amour, *Le Vase d'or* mêle onirisme, romantisme et merveilleux.

H. JAMES — *Daisy Miller* (Folio n° 3624)

Un admirable portrait d'une femme libre dans une société engoncée dans ses préjugés.

F. KAFKA — *Lettre au père* (Folio n° 3625)

Réquisitoire jamais remis à son destinataire, tentative obstinée pour comprendre, la *Lettre au père* est au centre de l'œuvre de Kafka.

J. KEROUAC — *Le vagabond américain en voie de disparition,* précédé de *Grand voyage en Europe* (Folio n° 3695)

Deux textes autobiographiques de l'auteur de *Sur la route,* un des témoins mythiques de la *Beat Generation.*

J. KESSEL *Makhno et sa juive* (Folio n° 3626)

Dans l'univers violent et tragique de la Russie bolchevique, la plume nerveuse et incisive de Kessel fait renaître un amour aussi improbable que merveilleux.

R. KIPLING *La marque de la Bête* et autres nouvelles (Folio n° 3753)

Trois nouvelles qui mêlent amour, mort, guerre et exotisme par un conteur de grand talent.

LAO SHE *Histoire de ma vie* (Folio n° 3627)

L'auteur de la grande fresque historique *Quatre générations sous un même toit* retrace dans cet émouvant récit le désarroi d'un homme vieillissant face au monde qui change.

LAO-TSEU *Tao-tö king* (Folio n° 3696)

Le texte fondateur du taoïsme.

J. M. G. LE CLÉZIO *Peuple du ciel*, suivi de *Les bergers* (Folio n° 3792)

Récits initiatiques, passages d'un monde à un autre, ces nouvelles poétiques semblent nées du rêve d'un écrivain.

P. MAGNAN *L'arbre* (Folio n° 3697)

Une histoire pleine de surprises et de sortilèges où un arbre joue le rôle du destin.

I. McEWAN *Psychopolis* et autres nouvelles (Folio n° 3628)

Il n'y a pas d'âge pour la passion, pour le désir et la frustration, pour le cauchemar ou pour le bonheur.

H. MILLER *Plongée dans la vie nocturne...*, précédé de *La boutique du Tailleur* (Folio n° 3929)

Deux textes très différents, mais d'une grande liberté d'écriture pour pénétrer dans l'univers de l'auteur scandaleux du *Cauchemar climatisé*.

Y. MISHIMA *Dojoji* et autres nouvelles (Folio n° 3629)

Quelques textes étonnants pour découvrir toute la diversité et l'originalité du grand écrivain japonais.

MONTAIGNE *De la vanité* (Folio n° 3793)

D'une grande liberté d'écriture, Montaigne nous offre quelques pages pleines de malice et de sagesse pour nous aider à conduire notre vie.

V. NABOKOV *Un coup d'aile*, suivi de *La Vénitienne* (Folio n° 3930)

Deux nouvelles au charme subtil et envoûtant par l'auteur controversé de *Lolita.*

K. ÔÉ *Gibier d'élevage* (Folio n° 3752)

Un extraordinaire récit classique, une parabole qui dénonce la folie et la bêtise humaines.

C. PAVESE *Terre d'exil* et autres nouvelles (Folio n° 3868)

Trois nouvelles, trois variations sur l'impossibilité du couple.

E. A. POE *Aventure sans pareille d'un certain Hans Pfaall* (Folio n° 3862)

Une histoire burlesque et merveilleuse, admirablement écrite, par l'un des plus grands génies de la littérature américaine

L. PIRANDELLO *Première nuit* et autres nouvelles (Folio n° 3794)

Pour découvrir l'univers coloré et singulier d'un conteur de grand talent.

R. RENDELL *L'Arbousier* (Folio n° 3620)

Une fable cruelle mise au service d'un mystère lentement dévoilé jusqu'à la chute vertigineuse...

P. ROTH *L'habit ne fait pas le moine*, précédé de *Défenseur de la foi* (Folio n° 3630)

Deux nouvelles pétillantes d'intelligence et d'humour qui démontent les rapports ambigus de la société américaine et du monde juif.

D. A. F. DE SADE *Ernestine. Nouvelle suédoise* (Folio n° 3698)

Une nouvelle ambiguë où victimes et bourreaux sont liés par la fatalité.

J.-P. SARTRE *L'enfance d'un chef* (Folio n° 3932)

Jean-Paul Sartre parodie le « roman d'apprentissage » dans le style dépouillé et magistralement maîtrisé qui efface l'écrivain au profit du seul dévoilement de l'homme dans le monde.

B. SCHLINK *La circoncision*

Après le succès mondial du *Liseur*, Bernard Schlink nous offre un texte lucide et désenchanté sur l'amour et la mémoire.

L. SCIASCIA *Mort de l'Inquisiteur* (Folio n° 3631)

Avec humour et une érudition ironique, Sciascia se livre à une enquête minutieuse à travers les textes et les témoignages de l'époque.

SÉNÈQUE *De la constance du sage*, suivi de *De la tranquillité de l'âme* (Folio n° 3933)

Un traité de savoir-vivre d'une étonnante modernité.

G. SIMENON *L'énigme de la* Marie-Galante (Folio n° 3863)

Une courte histoire pour découvrir l'atmosphère, l'humour et les personnages hauts en couleur de Simenon, l'un des maîtres du roman policier.

B. SINGER *La destruction de Kreshev* (Folio n° 3871)

Un bref chef-d'œuvre dans lequel Isaac Singer raconte avec talent les Juifs de la Pologne d'avant-guerre où se côtoient religion et surnaturel.

P. SOLLERS *Liberté du* XVIIIème (Folio n° 3756)

Pour découvrir le XVIIIème siècle en toute liberté.

R. L. STEVENSON *Le Club du suicide* (Folio n° 3934)

Une histoire aussi inquiétante qu'ironique par l'auteur de *L'étrange cas du Dr Jekyll et M. Hyde.*

M. TOURNIER *Lieux dits* (Folio n° 3699)

Autant de promenades, d'escapades, de voyages ou de récréations auxquels nous invite Michel Tournier avec une gourmandise, une poésie et un talent jamais démentis.

M. VARGAS LLOSA — *Les chiots* (Folio n° 3760)

Mario Vargas Llosa, écrivain engagé, raconte l'histoire d'un naufrage dans un texte dur et réaliste.

P. VERLAINE — *Chansons pour elle* et autres poèmes érotiques (Folio n° 3700)

Trois courts recueils de poèmes à l'érotisme tendre et ambigu.

VOLTAIRE — *Traité sur la tolérance* (Folio n° 3870)

Une réflexion très actuelle sur le système judiciaire, la responsabilité des juges et les effets pervers des lois.

E. WHARTON — *Les lettres* (Folio n° 3935)

Une analyse fine et pénétrante du coeur d'une femme amoureuse par l'auteur de *Chez les heureux du monde.*

Composition Bussière
et impression Novoprint
à Barcelone, le 11 août 2003.
Dépôt légal : août 2003.
ISBN 2-07-030250-4./Imprimé en Espagne.

124641